AF378190

JUAN SIN NOMBRE

Diego Gómez Pickering

JUAN SIN NOMBRE

La historia del negro conquistador

Grijalbo narrativa

Papel certificado por el Forest Stewardship Council®

Juan sin nombre
La historia del negro conquistador

Primera edición: febrero, 2026

D. R. © 2025, Diego Gómez Pickering

D. R. © 2026, derechos de edición mundiales en lengua castellana:
Penguin Random House Grupo Editorial, S. A. de C. V.
Blvd. Miguel de Cervantes Saavedra núm. 301, 1er piso,
colonia Granada, alcaldía Miguel Hidalgo, C. P. 11520,
Ciudad de México

penguinlibros.com

D. R. © Imagen de página 164, generada con Adobe Firefly

ISBN: 978-607-386-949-2

Impreso en México – *Printed in Mexico*

En memoria de Hugh Thomas.

Y de los más de cien mil desaparecidos en México.

horro (del árabe hispánico *húrr*, 'libre'): dicho de una persona que, habiendo sido esclava, alcanza la libertad.

Diccionario de la Real Academia Española

La historia de México es la del hombre que busca su filiación, su origen.

Octavio Paz, *El laberinto de la soledad*

Campo Militar Número 1, Naucalpan de Juárez, sábado 26

La gran lección de la llamada Conquista es que nada justifica imponer por la fuerza a otras naciones o culturas un modelo político, económico, social o religioso con la excusa de la civilización. Ha llegado el momento de poner fin a esos anacronismos que se emprenden en nombre de la fe, de la paz, de la civilización, de la democracia, de la libertad o, más grotesco aún, de los derechos humanos, nuevas conquistas bajo nombres engañosos y manipuladores. Ha llegado el momento de liberarnos de una vez y por todas de una historia que no es la nuestra, sino la impuesta por una ambiciosa élite que a lo largo de más de quinientos años ha tenido como único objetivo aniquilar al Pueblo.

... y desde este nuevo corazón palpitante de México que me escuchen alto y fuerte aquellos que desde la vileza inventan que esta milenaria y orgullosa nación se vio contaminada por la venenosa semilla y la sangre impura de españoles y negros africanos, aquellos que incluso afirman que estas dos, mezcladas con la mesoamericana, dieron origen a México. A esos traidores digo, este Pueblo es, ha sido y siempre será orgullosamente indígena, ni español ni negro ni mestizo. Ahí radica su nobleza de espíritu, ahí la prueba de su valía. Ahí su pureza y honestidad.

—Muy bien, Marujita, ahora sí que se lució. Quién la viera. En una de esas me la van a querer catafixiar para llevársela a trabajar al meritito Palacio Nacional. Si hasta parece que lo redactó él mismo. Nomás me le corrige estos errores de dedo que se le pasaron y me le agrega el párrafo que le anoté en rojo al calce. No puede quedar duda de la intención del mensaje del señor presidente, Marujita. Mucho menos con los tiempos que corren y con toda la sarta de conspiradores que busca azuzar al Pueblo con sus arengas quesque históricas, a favor del mestizaje, contrarias a la narrativa oficial. Aquí la única voz que vale es la del presidente, que de eso nos encargamos nosotros.

—Por supuesto, General Secretario, estamos a la orden, ahora mismo trabajo las correcciones y le remito el nuevo borrador.

—¡Ándele, no se vaya a tardar! Quedé de enviar hoy mismo el discurso a la oficina de Comunicación Social de la Presidencia. Acuérdese de que ya falta muy poco para la ceremonia de conmemoración de la Noche Victoriosa. En lo que me lo tiene listo, me voy bajando para echarle un ojo a la tropa, que luego se me amilana y me toca meterle su buena zangoloteada. Pa que no se les olvide dónde están.

"¡Órale, cabrones! ¡A chingar a su madre! No vinieron aquí a echar novio, pinches jotitos. Quiero verlos trabajar. ¡Empiecen a chingarle, si no, me los voy a reventar, como que soy el General Secretario, hijos de la chingada!".

El Cabo aprieta los dientes y se muerde los delgados labios morenos, arrancándose varios de los pellejos que la sequedad del aire le produce cada mañana. "Estos putos muertitos ya están hediendo, me los procesan ahorita mismo o yo mero me los chingo a balazos a todos ustedes, bola de zánganos. Total, como decía mi'amá, entre menos burros, más olotes. Y en este pinche país ya tenemos un chingo de burros", brama el militar en jefe frente a un altero de bolsas mortuorias.

¡Pendejo! Este hijo de su chingada madre quién se cree que es. Míralo nomás, ahí, pavoneándose, con sus pinches botas relucientes de tanta mugre y baba con la que se las bolean este titipuchal de achichincles arrimados y vendidos. Entre puro pendejo me tocó estar. Me lleva la chingada. El Cabo se yergue como vara de hierro al paso del General Secretario, emula el movimiento mecánico del medio millar de soldados que cada amanecer protagonizan la ceremonia de izamiento de la bandera en la grandilocuente explanada del principal campo militar de la capital del país. "Y que viva la patria". "¡Que viva!", responde el Cabo sacando todo el aire de sus pulmones, al unísono de otras quinientas voces que uniformadas de verde olivo ocupan la desgastada losa de concreto, golpeándola con la enjundia de sus talones. Lleva con diligencia su mano derecha a la sien, las falanges de los dedos alargadas, tensas, juntas. Un saludo robotizado que acompaña cada paso del titular de la Secretaría de la Defensa. La mañana despunta entre una densa capa de dióxido de carbono que encapsula las instalaciones militares, invisibilizándolas. Del otro lado de los encumbrados muros que las separan de la calle, una cacofonía de cláxones silencia, a gritos, todo lo que de ahí provenga.

Este pinche humo me está asfixiando de a poquito. Estoy seguro de que cuando me suene la nariz todos los mocos me van a salir negros, pura costra es lo que tengo ahí atorada. Si no nos matan llevándonos al frente, lo van a hacer con estas pinches fumarolas que avientan sus fregados chacuacos de día y de noche. Nomás pueda, me cruzo pa'l otro lado, a la chingada con este pinche país de mierda, el Cabo se acopla a las formaciones que, tras la salutación al General Secretario, enfilan hacia las diferentes secciones del campo para emprender sus respectivas encomiendas. Las chimeneas de ladrillo de los altos hornos del complejo escupen incesantes hacia al cielo. Ahí se dirige la columna del Cabo. Ya ni los pinches zopilotes se acercan por aquí. Y para acabarla de amolar, otra vez me tocó bailar con la más fea. Espero que estos cabrones no lleven mucho tiempo de haberse petateado, si no, a ver quién soporta el pinche olor, a ver cómo me aguanto las ganas de guacarear.

El Cabo tose sin separar los labios, que sigue mordiéndose. Se traga los gargajos sin quitar la vista del casco del compañero que le precede en la fila. A pesar de haberse cepillado los dientes afanosamente, siente la boca pastosa y sucia. Le sabe a muerto. Buena parte de la camada de efectivos rasos a la que pertenece el Cabo recién llegó a la ciudad, resultado de la conscripción obligatoria y de las agresivas campañas de reclutamiento emprendidas por el Ejército. Engrosa la población flotante del campo, que supera las cinco mil personas, entre militares en activo con sus respectivas familias, funcionarios civiles y empleados ocasionales. Una población que se ha septuplicado en la última década. Que ha crecido a un

ritmo tan acelerado como las arcas, las funciones, los negocios, las tareas, las responsabilidades, las empresas, las armas, las
torturas y las corruptelas de la omnipresente estructura militar nacional. Una población que esta mañana, vista a ojo de
pájaro, semeja una colonia de activas y presurosas hormigas
preparándose para el más crudo de los inviernos. La flamante
aunque aséptica oficina del General Secretario es un búnker
al interior de otro búnker; está localizada en la última planta
de un impenetrable edificio. Desde sus ventanales de cristal
reforzado y a prueba de explosivos, por entre las rendijas de
acero, titanio y tungsteno, se aprecia en todo su esplendor la
extensión de la plancha central del campo. Parece un tablero
de damas chinas. Un tablero donde cada vida tiene su precio,
pero la muerte, como desde hace mucho tiempo sucede en
el país, no vale nada. Desde esas alturas, la vista del secretario
de Estado más poderoso del gobierno lo abarca todo.

Los preparativos para el mes de celebraciones en torno a la
Noche Victoriosa están a tope. Adornos de múltiples colores,
estandartes, guirnaldas, farolas de papel, series interminables
de luces, piñatas, toneladas de pólvora y fuegos artificiales.
Murales con personajes históricos, trajes típicos bordados a
mano, sombreros, guitarras, trompetas y acordeones. Mantas
pintadas con las siglas del partido y con el eslogan del Ejército.
Jaguares, coyotes y tapires disecados. Afiches y posters en favor
de la familia cristiana y recordando las penas de cárcel por
consumo de marihuana. Alebrijes gigantes, carros alegóricos y
figuras de cera y papel maché representando a actores famosos
y a artistas populares. Centenares de caballos ataviados con

monturas de gala, huacales de madera con guajolotes y jaulas con quetzales y guacamayas. Actores maquillándose y bailarines ensayando, ciegos, sordos y mudos ante lo que les rodea, porque así lo reclama la ley marcial. Gabinetes de cristal con rifles y cañones antiguos, incontables tanquetas militares, parafernalia política, partidista y militar, arriba y abajo, celebrando a México y a su Pueblo. Encumbrando al Ejército, como garante de ambos.

Cómo afean el paisaje esas pinches bolsas de plástico negro; como si los cabrones que llevan dentro no nos hubieran chingado lo suficiente estando vivos, ahora tenemos que aguantarlos después de haberlos mandado a chupar faros, el General Secretario hace una cara de asco que resulta indistinguible para quien no está habituado a lo agreste de su semblante y a lo poco hospitalario de sus facciones. Señala con el índice derecho el cúmulo de bolsas mortuorias que se apilan en forma piramidal en una de las esquinas de la explanada del cuartel. "Parece que no me escucharon cuando ordené que las procesaran, carajo. ¡A ver pa cuándo, pinches indios pata rajada!", la voz del militar de más alto rango del país es tan áspera como su fisonomía, martiriza el oído de sus escuchas, en este caso una docena de sus más cercanos colaboradores, entre generales de brigada, de división y civiles, quienes salen presurosos y apesadumbrados al oírla. Una voz esculpida por el tequila blanco, servido en caballito, y la cocaína en piedra.

—A estos sí que no se los vamos a dejar pasar, don Gumer. Usted dispensará, ya sabe que siempre hemos trabajado muy bien y que nunca le pongo ni pero a sus peticiones, que no me atrevería a interferir en sus estrategias logísticas ni comerciales, pero estos días la cosa está color de hormiga con los gringos y si queremos que dejen de estar chingando tendremos que ceder en algo. Ya ve cómo se nos está calentando Yucatán y qué difícil ha sido controlar a la guerrilla en Monterrey. Si los ataques gringos continúan, van a encenderles de nuevo la mecha y nos va a salir más caro a todos, incluido usted. Por eso apelo a su comprensión, don Gumer.

—Ese mi General Secretario, tan diplomático que me salió. Quién lo dijera, si justo el Pueblo gobierna para no someternos a los designios despóticos del imperialismo yanqui. A poco no es esa la doctrina máxima del gobierno. Acaso no pregona el señor presidente a cada ratito la no intervención y el respeto al derecho ajeno. Equidad, reciprocidad y solidaridad, hacia con los gringos, con el total respeto a la soberanía de su pueblo. Ahora resulta que estamos doblando las manitas frente a los pinches güeros. Dónde quedó la grandilocuencia de la nación soberana e independiente, dónde quedó la dignidad. ¿Dónde quedaron los huevotes con los que me prometió que llevaríamos la fiesta en paz?

—Don Gumer, ya sabe que aquí siempre se hace lo que usted diga. No se me enoje, por favor. Solo le pido, esta vez, que me ayude a ayudarle. Así todos salimos ganones, ya verá. No me puede decir que la patria no le ha hecho justicia, que no ha recibido usted una buena parte de la cosecha. Los gringos son un mal necesario, don Gumer, más malos que necesarios a veces, eso sí. Es nomás esta vez, se lo aseguro. Al dejar que la

DEA haga una revisión a las aduanas de Nuevo Laredo y monte su teatrito declarando que decomisaron equis o ye cantidad de insumos de fentanilo, "con la cooperación de los agentes mexicanos", ganamos por lo menos seis meses sin que nos estén enchinchando. Ya verá, valdrá la pena. Sirve que mientras termina de montar sus nuevas naves en los puertos de Manzanillo y Lázaro Cárdenas, ahí ya le mandé al coronel Rojas para que se ponga a sus órdenes. Se lo ruego, don Gumer. Sáqueme su cargamento usual por Tampico, solo esta vez, déjeme libre Nuevo Laredo, luego le compensamos, se lo prometo.

—¡Ay, mi General Secretario! Nomás porque me cae usted rebien, si no, otro gallo cantaría. O, mejor dicho, dejaría de cantar. Jajajajaja.

—Siempre tan ocurrente, don Gumer. Muchas gracias por su comprensión, se lo aprecio de verdad. Ya verá que no se va a arrepentir.

—¡Más le vale! ¿Y al presidente qué le decimos, mi General Secretario?

—De eso me encargo yo, don Gumer. No se preocupe.

"¡Marujita, mándeme de regreso al pelotón!", indica el militar a su asistente a través del intercomunicador anaranjado que reposa sobre su escritorio de madera de cedro rojo. Modula el discurso recatado y condescendiente de su intercambio de mensajes por Telegram con el líder de Los Tejuinos, que se apresta a borrar, y lo cambia por su voz habitual, ronca, arrogante y plagada de groserías. La voz que sus subalternos están acostumbrados a obedecer. La voz de mando con la que pretende gestionar los destinos del país.

"Con una chingada, Ramírez, ¿cuántas veces te tengo que decir que no me des la espalda? Ya sé que te gusta el arroz con popote, pero yo no te voy a soplar la nuca, cabrón. A ver, repasemos el programa de las jornadas conmemorativas por la Noche Victoriosa. No quiero que en las celebraciones vaya a haber ni un solo negrito en el arroz. Empezando por esas pinches bolsas con muertitos, arrejuntadas ahí abajo. ¿Están orates o nomás se hacen pendejos? Hace media hora que pedí que se deshicieran de ellas. A partir de mañana no me traigan ni un muertito más aquí, los almacenan en Santa Lucía o se los meten por el fundillo, pero el campo me lo dejan reluciente de limpio. Al menos hasta que terminen los festejos, ya después volvemos a las andadas. ¿Me escuchaste, Ramírez?", el General Secretario da un sopapo en la cabeza al General de División, su segundo en la línea jerárquica, sin que este emita respuesta alguna.

¡Pa su mecha, cómo pesa este culero, se ve que tragaba bien! Parece que anoche solo se agarraron a puro panzón. Si así va a estar el resto de la camada, no sé si la voy a librar, el Cabo lleva a cuestas una de las bolsas mortuorias que se amontonan por docenas en la explanada del campo. Forma una fila india con la treintena de elementos que componen su unidad, a la que esta mañana han comisionado para trasladar al centro de procesamiento los cuerpos ingresados durante la madrugada al campo militar. Con rigurosa parsimonia, los noveles soldados guardan la distancia obligada de dos metros entre sí, sin desalinear en ningún momento la fila. Sin cuestionamientos ni dubitaciones, cargan a sus espaldas, una a una, las bolsas fúnebres, a la par de sus fusiles. Hombres y mujeres, jóvenes y de mediana edad, pero también algunos ancianos, adolescentes y menores de edad, incluso algún niño, inertes, envueltos en polietileno.

Ahora sí casi me quiebro la pinche espalda. Cómo pesan estos cabrones. Y nosotros aquí de sus esclavos, cargándolos como si fueran jarritos de Tlaquepaque, como si se fueran a romper, como si no estuvieran ya en las pinches puertas del infierno. Cabo esto, Cabo lo otro, Cabo su chingada madre. Tantas pinches indicaciones, tanto pinche cuidado para unos pinches güeyes que ya se petatearon, que seguramente alguno de los cabrones capitanes, coroneles o tenientes se habrán quebrado directamente. Si no es que por órdenes de ellos lo hizo algún pobre pendejo como nosotros, algún otro cabo, algún pinche pobre diablo. Para qué tanto sigilo, para qué tanto tacto si ya se los chingaron, si ya los callaron para siempre, por más que sigan gritando, o al menos así me lo parece cada vez que me trepo a uno a los hombros para llevarlo de aquí para allá. Diez, quince veces, veinte, quizá. Ya no sé ni a cuántos de estos pobres culeros me ha tocado transportar. Ni para qué hacer la cuenta, no vaya a ser que luego lo quieran chingar a uno por eso. Por saber cuántos han pasado por aquí, por contar a los que ya dejaron de contar hace mucho. Lo qué más pinche coraje me da es que a nosotros nadie nos trata con tanto cuidadito, somos su pinche carne de cañón, lo primero que desechan. No les importamos ni madres. Y, sin embargo, aquí estamos nosotros de sus pendejos, cargándoles a sus muertitos. Como si no arrastráramos nosotros demasiado peso acumulado. Como si no cargara cada uno de nosotros con su propia cruz, como si no tuviéramos que acarrear a nuestros propios muertos. Como si no fuera suficiente, como si tantas pinches muertes no les bastaran.

"Pelotón, firmes, romper filas. ¡Ya!", las instrucciones del sargento y la desbandada soldadesca ocurren en simultáneo. Acciones automatizadas, internalizadas a base de repetición constante. Acciones desconectadas de raciocinios y sentimientos. "Cabo, en la retaguardia, alerta".

Y ahora qué carajos quiere, si ya cumplimos con lo que nos tocaba. No fue de a gratis cargar todos esos pinches costales de huesos de un lado p'al otro. Este pinche sargento no tiene llenadera, ojalá cambie de grado pronto y nos asignen uno menos lacra. "Repórtese inmediatamente en el centro de procesamiento, puerta B, con el teniente coronel Lezama. Que viva la patria". Que viva su chingada madre, responde el Cabo en su cabeza, aunque sus delgados labios morenos, ahora por completo despellejados, mimeticen a los del sargento en su arenga.

La puerta B del centro de procesamiento es un armatoste de metal reforzado que mide tres metros de alto por cinco de largo y porta el logo de la cementera del Ejército, proveedora oficial para proyectos de infraestructura federales, estatales y municipales. Una sociedad multimillonaria que obliteró en poco tiempo a la competencia y una de las múltiples empresas que, con venia gubernamental, han hecho del Ejército el monopolio de negocios más poderoso del país. En el cavernoso interior del centro de procesamiento, compuesto por tres naves industriales adyacentes a las fumosas chimeneas e interconectadas por una morgue, las bolsas negras de cadáveres recién transportadas por el Cabo y sus compañeros de unidad yacen acomodadas en el suelo. Se suman a las ahí depositadas el día de ayer y a las de antes de ayer. Un conjunto de militares de rango medio, respondiendo a las órdenes de un coronel y dos tenientes coronel, se divide la tarea de abrirlas e inspeccionar cada uno de los cuerpos inertes que contienen. Han de asegurarse que los cadáveres, previamente desnudados y que en su mayor parte muestran signos de contusiones e incisiones, amén del errático agujero de bala, no porten ningún rastro de prenda, alhaja o reloj, que sus uñas y dientes, si aún los tienen, no incluyan incrustaciones de metal, sea precioso o no, y que si acaso hubiere alguno con ojos de cristal, se le retiren, junto con el resto de lo que se haya encontrado, antes de colocar el cadáver en alguno de los espacios libres de la morgue, clasificando oportunamente su procesamiento.

Esto sí que está de la verga, quién me manda ser el cabrón de la retaguardia, que si estoy muy alto, que si fui remiso al inscribirme al servicio militar, que si soy un pinche flaco tilico, que si los tlapanecos somos unos jodidos muertos de hambre. Puros pinches pretextos para justificar la suerte tan culera que siempre me toca. Una cosa es cargar a los pinches muertitos de aquí p'allá toda la santa mañana y otra muy distinta es tener que estarlos toqueteando, metiéndoles mano, revisándoles la boca llena de caries y dientes rotos, la cola ulcerada por hemorroides y con restos de cagada, agarrarles el pinche pito o acariciarles la pucha con olor a zorrillo atropellado. Andar abriéndoles los párpados para ver su mirada nublada, perdida, congelada, esa mirada que no ve a nada y nomás se clava en la mente de uno. De qué chingados sirven los pinches guantes de látex y el overol, quesque protector, si cuando uno anda agarrando a los muertos se sabe que no descansan, que no hay capas protectoras suficientes que eviten que se le pegue a uno su mal agüero. Que si uno se mete con ellos, luego vendrán ellos a meterse con uno. Qué mal pedo, esto sí me puede. Le entran a uno pinches ganas de chillar, de gritar bien fuerte que se vayan todos a chingar a su madre, que el pinche mundo es una mierda. De agarrar el pinche rifle y quebrármelos a todos, aquí mismo, ahorita. Una cosa es cargar las pinches bolsas negras y otra muy distinta es abrirlas, toparse cara a cara con una persona muerta, pero real, tocarla, sentirla, reconocerla. Saber que puede ser familiar de alguien, alguno de los tantísimos que andan buscando por ahí, hasta por debajo de las piedras, sin dar con ellos. El papá o la mamá de fulanito, el hijo de sutanito, el amante o la novia de perenganito. El hermano de algún conocido, mi pinche hermano, carajo. Mi pinche Jairo, carnalito. Dime que no eres tú.

El Cabo abre con resquemor la primera de las bolsas mortuorias que le han asignado para procesar. Recorre con la mirada el cuerpo desnudo del treintañero de 1.88 metros de altura, setenta y cinco kilogramos de peso y piel morena oscura, casi violácea. Cejas negras pobladas, pestañas largas y rizadas, nariz achatada y pequeña, cabello largo al hombro, ondulado y tupido, tan negro como el de las cejas y el del pubis, pectorales, brazos y piernas fornidos, vientre plano y fuerte, pene tamaño mediano sin circuncidar, manos largas con los nudillos marcados y las venas resaltadas, un orificio en la fosa nasal izquierda del que podría haber colgado una arracada, una cicatriz de doce centímetros en el pómulo derecho y un tatuaje que dice "horro" debajo del pezón izquierdo.

Este güey podría ser yo, chingada madre. Podrías ser tú, mi pinche Jairito, podrías ser tú. Qué bueno que no lo eres, qué bueno que no te me apareciste por aquí tieso, entre todos estos pinches cuerpos anónimos, vejados, solos, abandonados, sin perro que les ladre, sin ojos que les lloren. Prefiero mejor no saber dónde andas, si estás muerto o sigues vivo. Prefiero vivir con esta angustia que nos sembraste a mi jefecita santa, que en paz descanse, y a mí cuando te fuiste con esos pinches culeros que nomás te sonsacaron, llenándote la cabeza de pura pendejada. Cómo te me fuiste a meter en esas andadas, Jairito, cómo pudiste pensar que esa era la salida. Si el pinche callejón en el que estamos metidos no tiene ninguna. Cómo pudiste pensar que había manera de escapar de él. Ay, Jairito, mi carnalito del alma, que Dios te guarde, que la virgen te cuide, que te encuentres bien en donde quiera que estés. Que volvamos a mirarnos algún día, pero que no sea aquí, que no sea ahora.

—Mi teniente coronel, este ya está. ¿Cómo le vamos a poner?

—¿Cómo que cómo le vamos a poner? ¡Si será usted pendejo, pinche soldadito! Póngale Juan, sin nombre. Póngale como usted quiera, da igual. Estos cabrones ya valieron madres, ya no le importan a nadie. Son donnadies, polvo, humo. Nada. ¿Me entiende?

—Como usted ordene y mande, mi teniente coronel. Pero, entonces, ¿cómo lo proceso?

—Esto me pasa a mí por querer suplantar una baja con alguno de los del montón de rasos como usted. Pero hay que sacar la chamba y las órdenes de mi General Secretario son prioritarias y corresponde acatarlas, en chinga. Ni modo, a lidiar con escuincles mocosos y a enseñarles lo que es bueno, que ya va siendo hora de que aprendan. A ver, Cabo, ponga atención porque no se lo voy a repetir y no quiero verme en la necesidad de reprenderlo por retrasar el trabajo que tenemos pendiente y que, como puede ver en derredor, no es poco. Me lleva este muertito al primer espacio que encuentre libre entre los huecos de la morgue. Nomás me le anota en la etiqueta de cartón que cuelga de la agarradera de la puerta la letra del bloque correspondiente y el número de cadáver, siguiendo la seriación que comenzaron sus superiores antes de que llegara. ¡Ándele, qué chingados está esperando!

El Cabo acerca la camilla con el cuerpo del joven hasta el segmento que queda a sus espaldas de la larga pared que ocupa la morgue. Introduce el cadáver en el contenedor frigorífico que encuentra libre, cierra la puerta de acero y anota en la etiqueta que cuelga de la manija el bloque y el número. Luego, se dirige de vuelta al montón apilado de bolsas negras, coge otra y la coloca sobre la camilla. La abre, respira hondo sin separar los labios, que se muerde con fuerza, y empieza a auscultar con la mente y la mirada el siguiente cadáver.

"¡Hasta encontrarlos!", "¿Dónde están?", "¡Devuélvanme a mi hijo!", "Fue el Estado", "¿Qué cosecha un país que siembra muertos?", "¡El Ejército lo sabe!". Grupos de madres buscadoras, colectivos de familiares de desaparecidos, jóvenes estudiantes y algunos otros activistas, de los que aún se atreven a protestar en público, se amalgaman entre lamentos y reclamos en el cruce de avenidas frente a las instalaciones militares. Los gritos, las protestas y las voces se multiplican conforme las impenetrables puertas principales de acceso al Campo Militar número 1 se abren, sigilosas, de par en par, para dar paso a la caravana de ocho vehículos blindados en la que se traslada el General Secretario.

<u>SE BUSCA</u>

"El Negro"

Nombre: Adrián Romero López

Edad: 31 años
Complexión delgada, 1.88 metros de altura, 75 kilogramos de peso, pelo y ojos negros, piel morena oscura.
Tiene una cicatriz en el cachete derecho y un tatuaje que dice HORRO en el pecho.
Se le vio por última vez la noche del domingo 20 afuera de su domicilio en la calle Petén, colonia Narvarte.
Vestía pantalón de mezclilla con agujeros en las rodillas, una camiseta blanca y una camisa a cuadros estilo vaquero de color rojo.

Informes: 555789-3223

"¡Cómo chingan estos cabrones! ¡Ya me tienen hasta la madre! Acelere, José, que vamos tarde", el General Secretario gira instrucciones a su chofer mientras abre ligeramente la ventana de la camioneta último modelo que lo traslada a Palacio Nacional. Despega la hoja de papel pidiendo informes sobre el Negro que el calor de las protestas y el sudor goteante en las palmas de la mano de la desesperada madre buscadora pegaron al cristal del vehículo del militar. A ver si no se me pone rejego el presidente por el acuerdo con don Gumer, piensa en voz alta, sin inmutarse, mientras los policías en motocicleta, que abren paso al convoy en el tráfico circundante, arrecian la velocidad.

Colonia Narvarte, Ciudad de México, lunes 21, 8:00 a.m.

¡Jíjole, ya se me hizo retetarde! A ver si no me dice nada esta María. Que si llego antes que porque llego antes, que si llego después de la hora que porque llego después de la hora. Es que a veces se pone tan pesada que ni ella misma se aguanta la pobrecita. A ver con qué cuento me sale hoy, ojalá no me quiera dar un sermón, siempre resulta puro atole con el dedo.

La cola del pesero está imposible, así no voy a llegar nunca y eso que me salí bien temprano de la casa para llevar a mi mamá a su cita con el endocrinólogo; con lo de la diabetes anda bien achicopalada y el bueno para nada de mi hermano nunca está pa echarnos la mano en nada. Ese zángano ya me tiene cansada, cuando mi mamá esté un tantito mejor a ver cómo le hago, pero lo voy a mandar a parir chayotes. Estoy harta de estarle dando de tragar todos los días y que encima siempre se vaya de borracho con sus compadres. No tiene oficio ni beneficio y nomás nos da dolores de cabeza. Ahí te lo encargo, mi san Juditas Tadeo, a ver si me la haces buena y matamos dos pájaros de un tiro, que mi mamita se ponga bien y que el vividor de Gabriel se vaya por un tubo. Ay, Jesús, esta cola no avanza nada y todos los camiones van llenísimos. Mejor me voy a ir caminando, si no, no voy a llegar nunca y con eso de que me tengo que salir un poquito antes para pasar a recoger a mi mamá al Centro Médico se me va a armar la de Dios con esta María. Ánimas benditas, que me dé tiempo de hacer todo el quehacer y que en el hospital sí me pasen a mi mamá a su hora con el doctor y no la halle abandonada por ahí en una silla en la sala de espera o, peor tantito, haciendo cola para que le den ficha y la atiendan. Nomás de pensarlo se me retuerce la tripa.

Mugres choferes, ya de plano ni se frenan cuando ven que estamos aquí todos arrejuntados haciéndoles la parada. Y subirse a uno que esté a reventar ni Dios lo mande, si de por sí los asaltos están a la orden del día y para que me vuelvan a robar el celular mejor me lo ahorro. Si no hubieran quitado los trolebuses ya me hubiera trepado a uno o de perdida no me hubieran cerrado el metro otra vez, como hacen de a tiro por viaje, sin avisarle a uno. Ya hubiera llegado a casa de María. ¡Ah, pero no! Tenía que estropearse otra vez hoy. Ya ni la amuelan. Nomás están viendo a quién transan. Les vale gorro todo lo demás. Son unos chupacabras, eso es lo que son, mugrosos, sinvergüenzas.

Ay, Diosito, de plano sí que no la voy a librar si sigo aquí de pazguata. Entre la cola que no avanza y que no paro de darle vueltas a lo de mi mamá, ya se me fue no sé cuánto tiempo y me urge llegar a casa de esta María, porque si no, no me voy a dar abasto. Ahora sí, a caminar, total que nomás son veinte cuadras. Ojalá que no me la vaya a hacer de tos la güerita, con eso de que es bien chismosa va a querer saber qué me pasó y va a querer arreglarme la vida, pa variar. No tiene remedio, pero pues no me puedo quejar. Esa María la verdad es que sí es rebuena, aunque un poco argüendera la pobre, que si te ayudo con esto, que si yo hago aquello, que si no debes de esforzarte tanto, que si yo plancho, que si yo lavo los trastes, que si yo trapeo, que si yo doblo la ropa del Negro, que si ponte de mi crema de manos para que no se te estropeen, que si prepárate de comer a ti también, que si dejé hecho cafecito para las dos, que si ahí tienes del pan dulce que fui a comprar en la mañana, que si quédate con el cambio, que si necesitas más dinero prestado nomás dime, que si esta ropita para tu niña, que si estas cobijas para tu mamá.

Si nomás me dejara hacer mi trabajo sin tanto argüende... que no es poco y que para eso estoy aquí, para qué te digo que no si sí, lavando y planchando ajeno, aunque no sea por gusto de uno, eso que ni qué, pero pues es mi trabajo, ¿verdad? Pero la María nomás ahí metiéndoseme en medio no se da cuenta de que solo anda estorbando. Que si esto, que si lo otro, que si a chuchita la bolsearon, pura cosa que a mí la verdad ni me va ni me viene, pero ahí me tiene embobada, escuchándola. Hasta parece que ahorita mismo me estuviera sermoneando y yo con la aspiradora en mano, el mandil y el trapo, sin poder ni siquiera sacudir. En fin, con todo y todo, es una muchacha a todo dar y nos entendemos. Y con el Negro, ni se diga. Yo siempre me he hallado bien ahí en su casa de ellos, desde el principio me di cuenta de que no íbamos a tener ningún problema, si no, ni hubiera agarrado el trabajo. Con suerte y ahorita ni están, con eso de que últimamente andan muy atareados con no sé qué tanta cosa, igual y ni caso me hacen. Y si me apuro, igual acabo todo el quehacer a tiempo y me puedo ir a recoger sin prisas a mi mamita al Centro Médico. ¿Cómo la estará pasando ahí solita, con lo nerviosa que es?

"¡Fíjese, pinche vieja!", el conductor del automóvil deportivo color azul cobalto acelera en la esquina de la calle Petén con la avenida Doctor José María Vértiz, haciendo chirriar los neumáticos del coche mientras levanta el dedo medio de su mano izquierda con dirección a la Señora. Ríe a carcajadas y sube el volumen de la música, dejando el tufo de unas y otra en el aire del cruce peatonal.

—Señora, cuidado, le ayudo a levantarse, ¿está bien? —Una joven transeúnte le ofrece su brazo a la Señora, que yace con una pierna en la banqueta y la otra sobre el pavimento, permitiéndole reincorporarse. Esta se sacude las faldas, se arregla algunos cabellos que salen de su chongo y con una digna sonrisa agradece el gesto.

—Gracias, eres muy amable, andaba pensando en pura tontería y ya ves. En esta ciudad no podemos bajar la guardia ni un momentito. —La Señora toma con ambas manos el bolso del mandado que lleva consigo y fija la vista en el balcón del tercer piso del edificio de ladrillo, frunciendo el ceño ante la buganvilia retorcida de tonos guindas que asoma por el barandal. Decidida, acelera el paso y con el juego de llaves que saca de la bolsa, abre el portón de cristal y hierro, pintado de laca negra. ¡Ay, Diosito! Tengo un mal presentimiento, piensa en voz alta, respira hondo, se persigna y emprende la subida a la tercera planta del condominio con la mirada perdida entre sus pensamientos y las motas grises de tamaño variable que dibujan los escalones de mármol.

La Señora timbra por tercera vez y resopla. "Buenos días, María. ¿Estás ahí? Soy yo, dispénsame, pero se me hizo un poquito tarde, ahorita te cuento. No me lo vas a creer".

Es muy raro que no me conteste y que a esta hora no esté en la casa o que no ande dando lata el Negro por ahí, pero por mí mejor, así me ahorro tender que estar dando explicaciones. Como sea me da desconfianza, a saber en qué andarán metidos estos dos que ni sus luces. Aunque viéndolo por otro lado hasta me puedo ir antes sin tener que pedir permiso. La Señora abre sin mayor reparo el portal del departamento, pasando por alto los rayones y hendiduras frescas sobre la puerta de madera que había lijado, pulido y embarnizado la semana anterior a petición expresa de María: "Ya está bien vapuleada y se ve refea, ándale, ayúdame a darle una manita de gato".

El escenario que se extiende ante su mirada es abrumador. A su mecha, pero qué pasó aquí, esto no es de Dios. "María, muchachos, ¿dónde están? ¡María, respóndeme por favor!".

El sofá Chesterfield de roída piel de vacuno que coronaba la pequeña sala del departamento, entrando a mano izquierda, yace patas arriba sobre la mesa de cristal que hacía de centro y que ahora está desparramada en miles de pedazos punzocortantes entre el tapete oaxaqueño de Teotitlán del Valle y el suelo de parquet. El librero de la esquina se tambalea contra el muro que le sirve de espalda, sacudido por el viento que se cuela pronosticando tormenta a través de la puerta abierta que comunica con el balcón. Más de la mitad del centenar de libros que albergaba está ilocalizable, el resto, disperso y despanzurrado entre lo que queda del salón y el comedor. Las cazuelas de barro negro que lo adornaban hechas trizas entre algunas páginas arrancadas, y la figurilla de cerámica de un perro prehispánico de origen colimense escondida bajo un altero de ropa sucia. La mesa del comedor es un cementerio a cielo abierto de tóperes, platos rotos, cuchillos, tenedores, cucharas, un par de sartenes, ollas, el comal, tazas de peltre, el molinillo de madera que María usa para hacerse el chocolate y los platos de croquetas y agua del perro. Las cuatro sillas que lo vestían están desacomodadas entre la pequeña cocina abierta, con las puertas de la alacena arrancadas y un paquete de espagueti desbordándose, y el pasillo que da a las habitaciones y al baño. El estrecho corredor asemeja un túnel oscuro sin salida, obstaculizado por un par de alteros más de ropa, la mochila color verde olivo del Negro, abierta hasta las entrañas, pero aparentemente vacía, el burro para planchar la ropa despatarrado y, delante de todo, el tendedero arrumbado sobre un charco de sangre seca.

Una escena catastrófica a los ojos de la Señora, quien, horrorizada, se lleva las manos a la cara mientras da una nueva e incrédula ojeada al interior de la vivienda, girando la cabeza en negación y sin poder dar un solo paso más allá del umbral del departamento. Qué fregados pasó aquí, ya sentía yo que algo andaba mal, si mis instintos de bruja nunca me fallan, me está faltando el aire, me va a dar un soponcio, no estoy yo ya para estos sustos. Por algo venía yo tan tarde, por algo casi me atropella ese chofer majadero en la esquina antes de llegar. Algo me decía que no tenía yo que haber venido aquí hoy. Agarrando de nuevo con fuerza la bolsa del mandado, la Señora da un paso al frente y cierra la puerta tras de sí. Voltea al suelo para cerciorarse de que su desgastado tenis no aterrice sobre ninguno de los escombros en los que se ha convertido el apartamento. Abre los ojos como grandes órbitas y los fija en el sobre de papel manila que queda atrapado entre sus empeines, el cual lleva su nombre escrito con la letra infantil de María.

Querida, perdóname. No tengo mucho tiempo y las manos me tiemblan tanto que apenas si puedo sostener la pluma con la que te escribo este mensaje. No quiero ni pensar en lo que te estará pasando por la cabeza. Como si no tuvieras ya suficiente con la salud de tu mami, los pendientes de tu hija y la carga de tu hermano, venimos nosotros a complicarte la existencia. No puedo explicarte mucho, pero quiero decirte que tú no te preocupes. Como te habrás dado cuenta, las cosas se nos pusieron complicadas al Negro y a mí. Te pido por lo que más quieras que no vuelvas al departamento hasta que yo me ponga en contacto contigo. Estaré fuera por un tiempo y no sé hasta cuándo voy a poder regresar. Junto a esta carta te dejo algo de dinero, es lo único que pude juntar con las prisas, si bien no alcanzará para cubrir todas tus necesidades, por lo menos te ayudará a salir adelante durante las próximas semanas, en lo que encuentras algo más o en lo que yo vuelvo, si es que vuelvo. No lo sé. No intentes llamarme, por favor, mucho menos al Negro, ojalá pudiera explicártelo todo, pero no puedo. Ahora no, al menos. Lo siento mucho, pero no puedo ofrecerte nada más. La casa mejor ni la toques, déjala así como está, echa las llaves en el buzón y no te vuelvas a parar por aquí. No es seguro, créemelo. Perdóname de nuevo, no sé qué más decirte. Gracias por todo, María.

¡Jíjole, güerita, nomás esto me faltaba! Ya me cayó el chahuistle, y ahora dónde voy a conseguir otro trabajo. Como anda la cosa, no va a estar nada fácil. Me hubieras avisado antes, María, un agua va, o ya de perdida me hubieras dejado un poquito más de dinero. Con todos los años que llevo trabajando aquí con ustedes, no hay derecho, oye. Con esto que me dejas no me va a alcanzar ni p'al arranque, nomás de pensar en las medicinas de mi mamacita, en todo lo que tengo que comprarle a mi chamaca y en lo que se malgasta el arrimado de mi hermano… ya hasta me entraron ganas de llorar. Ay, María, en qué se habrán metido tú y el Negro. ¡Me cae que están hechos el uno p'al otro! ¡Qué coraje me da todo! Ojalá estuvieras aquí para decírtelo en persona, para reclamarte, para darte una buena zarandeada. Y ahora ¿qué voy a hacer? Ve nomás cómo me dejaron el departamento, todo deshecho, no dejaron ni un solo cuadro colgado. ¿En qué fregados estaban pensando? Qué se creen tú y el Negro. ¿En qué país se piensan que viven, güerita?

La Señora vuelve a contar los billetes que le dejó María en el sobre de papel manila, rompe en pedazos la carta y la tira al suelo, entre la colección de enseres desperdigados por doquier. Camina con dificultad entre muebles derribados y restos de objetos decorativos hechos añicos. Libra los obstáculos del pasillo y se adentra en la habitación principal. Lo que se encuentra es tan poco halagüeño como en el resto del apartamento. El colchón atravesado, la cama destendida, las sábanas, las almohadas y la colcha enredadas entre los burós. Las lámparas de noche reventadas contra el suelo y la luna sobre el tocador de María con dos enormes rayones que la vuelven un rompecabezas de espejos. Alcanza con la mano derecha el cajón del tocador, revuelve los lápices de cejas, las pinzas depiladoras, los condones y la crema de manos que, insistente, María siempre le embadurna tras lavar los trastes y trapear el piso, hasta encontrar lo que busca. Coge la esclava de oro, regalo de la abuela materna a la joven por su primera comunión, y el anillo de diamantes heredado de su madre que María guarda celosa de la vista de cualquiera, pero que nunca ha tenido empacho en presumir tantas veces a la Señora. Se los guarda en el bolsillo delantero del pantalón y sale exaltada del departamento, azotando tras de sí la puerta de madera con las cicatrices de la víspera. Baja resoluta las escaleras y en el recibidor del edificio deposita su juego de llaves dentro del buzón correspondiente, antes de acelerar su andar y dirigirse expedita al cruce de la calle Petén con avenida Doctor José María Vértiz. Perdóname, María, pero esto tú no lo necesitas y a mí me va a sacar de apuros, se dice en voz baja, persignándose. Camina, queriendo correr, con la mano atrincherada dentro del bolsillo delantero del pantalón, sin voltear la vista atrás.

"¡Señora, Señora! ¡Ey, Señora! ¡Óigame, le estoy hablando! ¿Qué no me escucha?", Kenya se rasca la garganta con cada grito, intenta, sin mucho éxito, incrementar y agudizar su llamado de desesperación, de auxilio, de ayuda, de atención. Le duele esforzar las cuerdas vocales, su boca es una trampa mortal por la que su lengua se pasea con dificultad entre la mezcla desordenada de sarro, restos de comida, saliva alcoholizada, hollín de tabaco y hebras de marihuana, resultado de una noche en vela y una madrugada agreste que hace un par de horas se transmutaron, dolorosamente, en día. Intenta correr para alcanzar a la Señora, pero sus pies, además de torpes, están desnudos y resienten al tacto la acera resquebrajada, las piedritas desenterradas entre el pasto del camellón y unas corcholatas que afiladas enseñan los dientes, víctimas colaterales de la víspera. "Señora, espérese tantito. Soy yo, la vecina de arriba, la del cuarto piso. ¡Señora, por favor!", la voz se le apaga de forma involuntaria, como lo han hecho conforme avanzaba la noche, convertida en madrugada y luego en día, el candor, la pasión, la voracidad, la algarabía y la labia que usualmente la caracterizan. A falta de voz y garganta, Kenya agita los brazos, delgados pero musculosos, recién rasurados y depilados. Sus uñas, largas y pintadas de amarillo canario y verde perico, parecen desgarrar la copa de las jacarandas que se suceden sobre la calle en el cruce con la avenida. El pelo, una masa revoltosa de rulos castaños y marrones, se mueve al ritmo de su voz silente, gritando sordamente sin que nadie le oiga. La chica de espigadas piernas y torneado torso salta una y otra vez, se mete las manos debajo de los sobacos y las vuelve a sacar queriendo empujarlas al cielo con enjundia. "¡Señora!", grita con la voz quebrada una última vez, pero ya nada puede hacer. La Señora se convierte en una pequeña mancha negra conforme se aleja calle arriba, no escucha a nadie, no ve a nadie, no siente a nadie. Se ha vuelto sorda, muda y ciega. Sabe que tiene que seguir andando, a paso firme y acelerado, sin volver la vista atrás.

Quién me manda a mí a hacer estas cosas, no tenía que haber dejado a mi mamacita sola ahí en el hervidero de gente del hospital, por qué me afano en hacer puras tonterías, nunca debí haberme venido a trabajar con María, nomás me metí en honduras y de a gratis, ahora, hasta involucrada voy a salir. Y si me agarra la policía, y si me meten a la cárcel. Qué va a ser de mi niña, quién va a ver por mi mamá. Ay, Diosito, si seré mensa.

La Señora arrecia su caminar, hace la parada al primer autobús que encuentra sobre avenida División del Norte y lo aborda, sin importarle que vaya a Taxqueña, en dirección opuesta a su destino. No logra sacarse de la cabeza las escenas del departamento ultrajado de María y del Negro, la puerta del balcón meciéndose al antojo del viento, los muebles despatarrados, la mancha de sangre seca, la carta manuscrita y su mensaje, la esclava de oro y el anillo de diamantes, los gritos de la vecina llamándole. Sabe que si la hubieran encontrado en el departamento en esas condiciones, entrando o saliendo del edificio o incluso hablando con Kenya, la hubieran llevado detenida, metido presa, quizá. Sabe que, aunque María regrese y le llame en unas semanas, en unos meses o en algunos años, a la colonia Narvarte no volverá jamás.

Pinche Señora, caray. Ya podía haberse volteado, esperarse un tantito, qué fregados le costaba. Todavía que bajo toda carrereada, con lo cruda que estoy, hasta parece que me pegué una fiesta de tres días, pero es solo de no dormir. De la angustia esta que por más que me sacudo no se me va, que me da taquicardias. Bueno, todos los pinches porros y las tres cajetillas de cigarros que me fumé tampoco ayudan mucho, por no hablar de la botellota de bacanora que nos chingamos entre la María y yo, ¿o acaso fueron dos? Pobrecilla la María, ¿ya habrá llegado? Con el pinche miedo que llevaba encima no podía ni caminar. Como yo tampoco, sin tacones, mira nomás, cómo se me ocurre bajar descalza y en estas mugres fachas, de cara lavada y con todo el greñerío revuelto, con razón se fue corriendo la Señora, seguro la espanté con las pintas que traigo. Pero cómo no iba a bajar corriendo en chinga nomás la escuché azotar la puerta del depa de María y del Negro.

Entre tanto pinche desmadre y con lo destrozada que les dejaron la casa, probablemente no se percató de la lana y la carta que le dejó María, con lo mucho que me lo encargó que si la veía o la oía llegar le hiciera hincapié en lo del sobre. Y si la Señora no lo vio, sí que sería una bronca, porque como se aparezca por aquí otra vez se puede armar una grande y si suelta la sopa, peor tantito, no me lo quiero ni imaginar. Aunque pensándolo bien, con lo madreado que dejaron el depa seguro la Señora se espantó y no volverá en un rato, al menos hasta que la llame María, si es que la llama, aunque para como están las cosas lo dudo mucho. Sí, seguro fue eso, quedó curada de espantos al encontrarse con ese congal que les armaron a los pobres de María y del Negro y se fue corriendo. Habrá dicho, patitas pa qué las quiero. Seguro se hizo bien pendeja y por eso ni me volteó a ver, porque aunque tengo la pinche voz aguardientosa me quedé casi afónica de tanto gritarle, estoy segura de que me oyó, pero nomás se espantó más y aceleró el paso, la pinche Señora. De tan asustada seguro que no regresa, se haya llevado el dinero que le dejó María y haya leído la carta o no.

Creo que hasta mejor que no se haya parado la méndiga Señora cuando le estaba llamando, porque me ahorré darle explicaciones que seguro que me las iba a pedir y con razón, con la destrucción que les montaron al Negro y a María yo también querría saber qué chingados pasó. Seguro se quedó preocupada la pobre Señora, con el Jesús en la boca y no es para menos. Yo del pinche miedo que se me metió en el cuerpo desde ayer no pienso ni voltear la cabeza cada vez que pase por el tercer piso. Sí, creo que fue mucho mejor que la vieja ni me pelara y que se haya largado corriendo, yo hubiera hecho lo mismo. Qué tal que me empieza a cuestionar, que me suelta una pregunta tras otra y yo con lo mensa que soy y con lo que me gusta el chisme pues con tantito que me jalara de la lengua le suelto toda la información y la meto en problemas a ella, a María, al pobre del Negro y a mí misma. Qué bueno que no se paró y que me tiró de a loca. Con el pinche dolor de cabeza que traigo, las bolsas bajo los ojos y la deshidratación que me cargo no hubiera sido una conversación nada agradable, ni para ella ni para mí. Aunque ultimadamente, ya nada es en realidad agradable en esta pinche ciudad.

Kenya se arropa con la bata china de seda que de mala manera se puso encima cuando salió corriendo del edificio en busca de la Señora y, a la distancia, le voltea de forma histriónica la cara, como si la mujer alcanzara todavía a verla. Da media vuelta y se dirige a su casa.

Pinche María, carajo, pinche Negro hijo de la chingada. Por qué fregados son así. Ya me dejaron solita otra vez y yo que los necesito aquí, aquí mismo. Ahorita, carajo.

Kenya llora sentada en el sofá de terciopelo y chifón rosa que engalana la sala de su departamento mientras se aferra con ambas manos a la taza de café que acaba de preparar. "Te lo suplico, vecina, sé que lo que te estoy pidiendo es un favor enorme, pero te juro que no tenemos a nadie más a quien recurrir. No tenemos en quién confiar, de verdad, Kenya, por eso recurrimos a ti". La joven mujer trans no puede sacarse de la cabeza la cara de descomposición con la que María la saludó la noche anterior al tocar a su puerta. La tristeza y la desazón que le vio reflejadas en el semblante. El desamparo de su cuerpo al pedirle que guardara, que escondiera en el lugar más recóndito de su departamento las dos cajas de cartón que aún están mirándola fijamente sobre la mesa del comedor, marcadas con plumón "Juan Garrido". El vacío en su mirar cuando se escucharon los golpes en la puerta de abajo, los macanazos, los gritos ensordecedores, los lamentos, el llanto desgarrador. La fuerza descomunal de los brazos y piernas de María queriendo zafarse de su abrazo aprisionador, impidiéndole escapar. El desconsuelo de su espíritu cuando quedaron solas, amparadas por el silencio del sereno, cuando bajaron al departamento de María y del Negro y descubrieron la hecatombe, su ausencia, y el pequeño cuerpo sin vida, mutilado, del Moco. "Todavía recuerdo cuando lo adoptaron en ese refugio para perritos callejeros, amiga, qué tristeza". Las lágrimas que imparables caían sobre las mejillas de María, contagiándola, mientras bebían, una tras otra, las botellas de bacanora, para olvidar, para borrar, para anestesiar, para no hablar, para dejar, al menos por un momento, de pensar.

"En el país de la impunidad, el miedo gobierna". Kenya cierra de golpe el libro de cuentos de Daniel Sada cuya lectura inició la víspera, interrumpida por la intempestiva e inesperada visita de María. Las palabras del coahuilense se redescubren como dardos apuntándole a la cabeza. Coloca el libro en la estantería del pasillo con la certeza de que no volverá a sus páginas hasta saber algo de sus vecinos. Va a la mesa del comedor y carga una de las dos cajas para llevarla a guardar en la parte de arriba de su clóset, justo en el recoveco más escondido, atrás de su colección de pelucas y del par de pechos de látex que se rehúsa a tirar. Repite la misma acción con la segunda caja que imagina también llena de papeles, documentos, facsimilares, manuscritos y expedientes, pero decide matar la curiosidad echando una ojeada antes. La bolsa con un par de fémures y un cráneo que encuentra dentro le revuelve el estómago.

Pinche María, pinche Negro, son unos hijos de la chingada, lo sabía, cabrones. Ay, ay, ay, ay. Ojalá los vuelva a ver con vida, pendejos. Pinches hermanes, no me los vayan a matar. Somos familia, carajo.

Kenya va a la cocina y abre una nueva botella de bacanora, agrega un poco del licor al café frío que le queda en la taza antes de empezar a beberlo directamente de la botella.

Mensaje cifrado del doctor Zagal a María, seis meses antes

¡Hola, María!

Espero que tanto tú como Adrián estén bien, pero sobre todo que estén a salvo. Sé que se los he repetido hasta el cansancio, pero no hay precaución suficiente, créemelo. Llegué a Austin hace algunas semanas y la recepción ha sido mucho más cálida de lo que esperaba. Nadie por aquí da crédito de lo que está sucediendo al sur de la frontera, las reacciones son de lo más variopintas, aunque desafortunadamente persiste la indiferencia. Estamos solos, me queda claro. Seguiré comunicándome con ustedes como bien pueda, mejor así, es demasiado riesgoso que intenten hacerlo desde allá. No estimé pertinente compartirlo contigo cuando nos despedimos, fuiste inteligente al no hacerme ninguna pregunta, siempre lo has sido, quién más apta para abocarse al estudio de la vida y legado de Juan Garrido. Sin embargo, ahora que estoy del otro lado, quisiera que no te quepa duda. Los fémures y el cráneo que contiene la bolsa son los que encontramos durante las excavaciones en Zultépec. No podía permitir que se quedaran en las bodegas del Instituto, estoy seguro de que, tarde o temprano, los iban a desaparecer. Confío en que los tendrás a buen resguardo. Aunque probablemente aún conste en la carpeta de las excavaciones o en la nube informática del Instituto, no es seguro que sea así por siempre, por ello te adjunto una copia de la cédula informativa de la zona arqueológica, que documenta nuestros hallazgos.

Bene ambula,

Z.

Zona arqueológica de Zultépec-Tecoaque
[Instituto Nacional de Antropología e Historia]

La importancia de esta zona reside en su ubicación fronteriza entre el señorío tlaxcalteca y la región acolhua, en el oriente de la cuenca de México. Los trabajos arqueológicos realizados en este asentamiento permiten reconstruir acontecimientos trascendentes acaecidos en el lugar, a partir de la recuperación y estudio de un importante número de piezas, como un tzompantli con restos óseos atribuibles a personas con origen en África y/o el Caribe. Hasta donde muestran las investigaciones, en este lugar fue capturada la caravana española que formó parte del expedición de Pánfilo de Narváez cuya misión era aprehender a Hernán Cortés.

Los expertos consideran que en sus templos fueron sacrificados los españoles y negros africanos que integraban la caravana que los acolhua capturaron en 1520, proveniente de Veracruz, de acuerdo con lo referido por los cronistas Bernal Díaz del Castillo y Francisco López de Gómara, en sus libros *Historia verdadera de la conquista de la Nueva España* y *La historia general de las Indias,* respectivamente, así como en las *Cartas de relación* que Hernán Cortés envió al rey Carlos I de España y en el *Códice Xólotl.*

Iztapalapa, Ciudad de México, miércoles 23

"Esta mañana, en un mensaje a la nación, el señor presidente de la República hizo un atento llamado a denunciar a toda aquella persona que, por su dicho, hecho o pensamiento, constituya un obstáculo para el avance de las libertades y la continuación del proyecto de país por él encabezado, al que calificó de revolucionario.

"El primer mandatario recordó que es menester que todo ciudadano se erija como defensor del Pueblo, porque los intentos por ultrajarlo por parte de agentes extranjeros no cesan en ningún momento. No basta con que la Guardia Nacional y el Ejército estén alertas ante cualquier amenaza desestabilizadora, es indispensable que todos y cada uno de los mexicanos nos convirtamos en alfiles de la patria y denunciemos ante las fuerzas del orden a todos aquellos que osen menoscabarla. Sin importar que se trate de familiares, vecinos, amigos o conocidos, debemos como ciudadanos condenar, señalar, delatar y perseguir a esos alborotadores inescrupulosos. 'Solo así podremos derrotar al enemigo del Pueblo, que se esconde entre las sombras', arengó el presidente al cierre de su mensaje ante los medios de comunicación presentes.

"La llamada del jefe del Estado se da a raíz del anuncio de la confiscación de material subversivo listo para su distribución, en el cual, en palabras del gobernante, se consignan mentiras que, desde diferentes plataformas, los enemigos de la patria han intentado esparcir por meses, con la clara intención de desestabilizar al gobierno y confundir a la sociedad. 'Mentiras que contravienen la definición misma de nuestro país, la historia del Pueblo', acusó el presidente, instando a los ciudadanos a renovar su compromiso patriótico ante la inminencia de las celebraciones por un aniversario más de la Noche Victoriosa. El embargo del material subversivo se llevó a cabo en un domicilio de la colonia Narvarte, a partir de denuncias ciudadanas, mismas que también han llevado a emitir una ficha de detención contra Adrián N., alias el Negro, y contra su amante y cómplice, María Manuela N., prófugos de la justicia, sobre quienes pesa una orden de arraigo por delincuencia organizada, desorden público y traición a la patria.

"Si usted, apreciado televidente, tiene cualquier información relativa a..."

—Ya estuvo bueno, no resolvemos nada escuchando toda la basura que estos malnacidos están propagando por la televisión.

—Ay m'hijito, no, no, no. No me la apagues, qué tal que sale algo que nos dé una pista sobre el paradero de tu hermano. Todo lo que están diciendo por ahí no puede ser cierto. Adrián no sería capaz de matar una mosca, cómo iba a estar a cargo de una organización que pretende derrocar al gobierno.

Nada de esto tiene ningún sentido. ¡Ándale, quítate de ahí y préndele! No me dejes comiendo ansias.

—¡Que no, mamá! No puedes seguirte calentando la cabeza con todos esos falsos que le están levantando al Negro. Si se ve inmediatamente que lo están agarrando de su chivo expiatorio, que nomás es un pretexto para arreciar sus métodos de censura, para que todos andemos con la cabeza baja, con sospechosismos, temerosos de abrir la boca, de decir algo, de tener los ojos abiertos, porque no vayamos a ser los siguientes en desparecer.

—¡Cállate, deja de decir sandeces! No sabes de lo que estás hablando.

La madre del Negro se lleva las manos a la cara y comienza a sollozar, un lamento tímido que con el paso de los minutos coge fuerza y se convierte en un llanto descontrolado. Por tercer día consecutivo, la mujer desgasta sus lagrimales hasta dejarse los ojos vidriosos, hinchados, rojos. Tan perdidos como su mirada, que estriba entre la pantalla del televisor apagada y su otro hijo, el menor, el hermano del Negro. Con movimientos insistentes, el adolescente trata de levantarla del sofá y llevarla del brazo al antecomedor, cubierto con un mantel de plástico de festivos colores que desentona con el fúnebre ambiente que se respira en la pequeña vivienda de dos plantas, delgados muros de concreto y breve patio interior.

—¡Ándale, mamita, estate tranquila! Ven, vamos a sentarnos allá y a pensar las cosas. Hazme caso, ándale.

—No puedo, m'hijito. No puedo.

La mujer rolliza, de baja estatura, anchas narices y cabellos crespos, se coje del brazo de su hijo menor y se encamina a la mesa redonda resguardada por tres sillas y coronada por un pastel de tres leches sin partir. Camina con dificultad, como si las piernas se le pegaran al piso y la cabeza le pesara como una piedra. Su carácter campechano ha desparecido. Se siente violentada, desgastada, derrotada, débil, indefensa, confundida, aturdida, desmemoriada, atolondrada, ultrajada. Se sabe sola. Mira de reojo la fotografía descolorida que cuelga de uno de los muros de la vivienda, un retrato que se hiciera con su difunto esposo y sus hijos en las rejas del Bosque de Chapultepec, años atrás. Los ojos se le vuelven a aguar.

Cómo ves, viejo, cuánto te echo de menos, si todavía vivieras nada de esto estaría pasando. Ya no sé ni cómo tenerme en pie, van tres noches que paso en vela, siento que ya nunca más voy a poder dormir, que el sueño ya se me espantó para siempre. Y no es para menos. Me falta el aire, apenas si puedo respirar, me volvieron esas arritmias que me daban cuando quedé embarazada de Adrián. De mi Negrito chulo. ¿Te acuerdas? De cuando del Seguro Social me mandaron a reposo los cuatro meses que me faltaban para parir a tu niño, a nuestro primer hijo, a nuestro orgullo, mi viejo. Siento cómo la garganta se me cierra, desde el paladar hasta la faringe, y me empiezo a ahogar, se me nubla la mente y todo lo veo en blanco. Siento la cabeza punzante, como si fuera una olla exprés que está a punto de explotar, me duele el cerebro, lo siento hinchado, como si buscara la manera de salírseme del cráneo y desparramarse por doquier. Siento las venas abultadas, las várices ardiendo. Siento como si miles de alfileres de diferentes grosores me picaran las plantas de los pies, los brazos y la espalda. Siento el pecho inflamado, ampuloso, podrido. Siento que me voy a morir, mi viejo. Y de cierta forma es lo que quiero, me quiero morir.

No sé cómo voy a poder seguir viviendo así. Ya sé que el pobre de Sergio me necesita, que nomás no lo calienta ni el sol de verme así, pero es que no puedo recomponerme, viejo. No puedo seguir. Es como si me hubieran drenado toda la energía, como si me hubieran extirpado el corazón y me hubieran convertido en zombi. Me muevo como fantasma por la casa, de la cama al sofá, del sofá al antecomedor y de nuevo a la cama, pasando al baño entre una y otra, a vaciarme el estómago de bilis y los ojos de llanto. No soy yo misma, me he convertido en una sombra, viejo. Una sombra que ya no quiere vivir, que ya no puede vivir, que no puede seguir sin saber dónde está Adrián. ¿En qué lugar esta nuestro Negrito? ¿A dónde fue a parar ese pedazo de mi carne y de la tuya? Esa vida que es mía y que desde que desapareció hace tres días me hizo desaparecer con él.

Ay, viejo, no sé ni cómo decírtelo. No me lo explico. Ni yo misma sé qué es lo que pasó, en dónde está el Negro, qué fue de él. Por qué no llegó, por qué no ha llamado. Por qué no contesta su celular, por qué tienen su edificio rodeado de patrullas y agentes, por qué su novia esa que tanto quiere también anda desparecida, por qué sus mentores y colegas no dan la cara, por qué sus vecinos y sus amigos no me dicen la verdad, por qué nadie sabe decirnos nada sobre su paradero. Por qué sacan retratos hablados de él en la tele a todas horas y lo andan tildando de tantas cosas feas, de malandro, de criminal. Estábamos aquí

Sergio y yo en la tarde, ya con todo listo, esperándolo, con la ilusión de verlo de nuevo y las ganas de celebrar. Hasta me levanté temprano, con todo y que no me gusta nada madrugar los días en que no tengo que ir a dar clases a la escuela, solo para que me diera tiempo de prepararle la tinga que tanto disfruta. Sergio incluso se trajo de la panadería uno de esos pasteles de tres leches con los que nos gusta celebrar, esos que te hacían chuparte los dedos. ¿Te acuerdas? El Negro llevaba varias semanas sin venir, quesque andaba muy ocupado, que un viaje aquí, que otro allá, que la investigación, que la ENAH, que la manga del muerto. Me tenía mareada con sus idas y venidas entre Tlaxcala, Puebla y Veracruz, con tanta secrecía. No me quería contar nada, las llamadas eran cada vez más cortas y no decía ni pío. Nomás me la pasaba yo platicándole y él contestándome con monosílabos. Ya ves que desde que se fue a vivir con la muchacha esa de la que está tan enamorado no quiso ni que conociéramos a su familia, ni que fuéramos a visitarlos. Se me hace que la chica esa le dio toloache. "Ya llegará el momento, jefa, no te me aceleres", me decía haciéndome rabiar. "Mejor vamos a verte nosotros", me prometía. Pero se fueron pasando los meses y no se paró por aquí. Yo, la verdad, más triste que enojada, veía pasar las semanas y los días sin tener muchas noticias suyas.

"Ya ni tus luces", le reclamé. "A ver si por lo menos ahora que va a ser mi cumpleaños te dignas a venir a ver a tu santa madre y a juntarte con tu hermano. Nos tienes abandonados", le dije la última vez que hablé con él. Algo de remordimiento le habrá dado al canijo porque se desvivió en pretextos, aunque también en disculpas. "No puedo decirte nada, mamacita, son cosas bien delicadas, en serio. Entiéndeme, he andado bien apurado, pero ya tengo casi todo resuelto. Ahí voy a estar para festejarte, jefecita, vas a ver, y ya no voy a faltar ni una sola vez a nuestras comidas semanales. Además, alguien tiene que estar echándole un ojo al Sergio, porque tú, entre tus juntas con los padres de familia, la revisión de tareas y las horas extra en la escuela ni lo pelas. Y cuando estás ahí lo tienes de consentidote, así que como mi papá ya no está con nosotros, me toca a mí meter a ese escuincle en cintura", me dijo, riéndose. Y pues yo me reí con él, ya sabes cómo se ríe a carcajada suelta, con ese desenfado tan característico, jalando mucho aire por la nariz, inflando los pulmones y sacándolo por la boca a borbotones, contagiándonos a todos. Hasta el Sergio se rio conmigo que estaba ahí parado de chismoso a ver qué decía el Negro cuando se dignó a contestarme la llamada después de marcarle tres veces sin que me respondiera.

De la puritita felicidad que me entró decidí romper el cochinito para festejar por todo lo alto. No todos los años se llega a esta edad, viejo. Qué te voy a decir yo al respecto, tú que ya estás más allá del bien y del mal. Son sesenta años y hay que hacer una celebración en forma, me dije. Logré convencer a Marisela de que me cubriera en las clases del turno vespertino durante un par de tardes seguidas. Sí, mi amiga la de la escuela, la otra maestra de español, la que es comadre de Juancho. Agarré un poco del dinero ahorrado, sin decírselo a Sergio, porque sabe que es lo que estoy juntando para ayudarlo con los gastos y sus estudios. Le inventé que había cobrado las mensualidades atrasadas de tu pensión, aunque desde hace tres años siguen sin dar un solo peso esos rateros del sindicato del metro y ahí estamos todas las viudas duro que dale yendo a reclamar para nada. En fin, ve tú a saber quién se está embolsando todos esos cientos de miles de pesos. Me vio desconfiado, pero como no podía decirme nada porque iba a cumplir mis sesenta añotes, se quedó callado cuando la primera tarde me fui a comprar un vestido con la modista de la colonia y cuando a la siguiente tarde, la víspera de la anhelada comida de celebración con el Negro y su noviecita mosca muerta, me fui al salón de la Wendy a pintarme el cabello y las uñas y a hacerme el pedicure. "Te vas a tragar una mosca, m'hijo, cierra la boca", le dije cuando me vio toda emperifollada volviendo a la casa. La verdad me sentía soñada, viejo. Hacía muchos años que no me daba una manita de gato, que no invertía tiempo ni dinero en mí, que no tenía chance de bajar la guardia, que no me daba un gustito.

Han sido años muy difíciles. No me la dejaste nada fácil aquí abajo cuando decidiste irte, viejo. Me costó mucho trabajo salir adelante, sudé la gota gorda para poder encarrilar a los niños, pasé las de Caín con las deudas, los gastos del funeral, el otro trabajo que tuve que agarrar, la indiferencia de amigos y el recelo de familiares. Fue como si nos hubieran dejado solos dos veces, como si hubiera enviudado el doble, de ti y de amigos y parentela. Nos convertimos en los apestados, todo mundo rehuyéndonos como si fuéramos leprosos. Y eso que muy digna nunca llegué a pedirle dinero a nadie. Hubo momentos en los que la tristeza y el cansancio se me convertían en furia y en coraje. Te mentaba la madre, hasta quebré esta mismita foto enmarcada de los cuatro en Chapultepec, aventándola con enojo contra el suelo, rompiendo en mil pedacitos el cristal que la resguardaba, espantando a los niños, espantándome a mí misma. Pero se me pasaba luego, viejo. No podía ser de otra forma, con todo lo que sufriste. Ese espantoso cáncer que empezó sin dar señales, que poco a poco, silencioso y huraño, fue esparciéndose por cada uno de tus órganos, chupándote la existencia desde lo más hondo de tus entrañas, convirtiéndose en la tenebrosa metástasis que te arrancó la vida a golpe de dolores, hasta apagarte por completo. Cómo sufrimos contigo, mi viejito lindo, con la escasez de medicamentos paliativos, con los hospitales saturados, con la falta de doctores y sin salirnos las cuentas. Fue muy duro atestiguar tu transición, ver cómo te convertías día tras día en un cadáver viviente. Sentir tu dolor como el mío. Nomás de acordarme de tu calvario se me iba todo el coraje, me desaparecía el cansancio y me entraban las ganas de trabajarle más y mejor. Estaban aquí el Negrito y el Sergio, que se convirtieron más que nunca en mis motores, en la felicidad que me hizo adormecer el dolor del vacío que dejó tu partida.

¿Cuántos años han pasado de aquello, viejo? Tantos, que cuesta trabajo llevar la cuenta. Muchos años de pruebas duras, de penurias, de sacrificios, de soledad, de tu ausencia siempre presente. Años en que se me olvidó por momentos lo que significaba reír, disfrutar, estar contenta, relajada, despreocupada y plena. Los pequeños triunfos fueron tan pasajeros como los momentos de esparcimiento y descanso. La graduación del

Negro con honores de la mentada ENAH, el paso de mi Sergito al bachillerato, las últimas letras de pago de esta casa que ahora se nos viene encima. Fueron muchos años de chambearle, viejo, muchos años desde que te fuiste, muchos años sola. Años que, sin embargo, a la distancia, han valido la pena. Dos muchachos hechos y derechos, honestos, confiables, humildes, íntegros, sinceros. Gente buena, al tiro, mi viejo, de la que ya no hay. De corazón generoso, trabajadores, luchones. Por eso cuando el Negro, después de meses de no venir a comer, como habitualmente hacía cada semana, me juró y me perjuró que aquí estaría para celebrar juntos mis sesenta años, sentí una alegría que me contagió todo el cuerpo. Los cachetes se me sonrojaron, pintados por la sangre que me corría desde el corazón, se me puso la piel chinita y le agarré bien fuerte la mano al Sergio, clavándole las uñas. "Órale, jefa, ya estate, que me vas a arrancar un dedo", me dijo. Y nos echamos a reír de nueva cuenta los dos. "Es que va a venir tu hermano, m'hijo. Después de tantas semanas de no pasarse por aquí, ya me prometió que estará con nosotros para que festejemos juntos. Vamos a estar de manteles largos para darle la bienvenida, vamos a tirar la casa por la ventana para el festejo. ¿Por qué no, m'hijo? ¿Por qué no?", le dije. Sergio me vio tan contenta que se le empañaron los ojos, tan noble que es el chamaco. "Sí, mamacita, lo que tú quieras", me dijo, y nos pusimos manos a la obra. También se puso emocionado, siempre ha visto al Negro como su mejor amigo, su confidente, su compañero de juegos, su segundo papá. Lo ha extrañado mucho, su presencia, su consejo, sus cosas de hombres. Se me hace que ha de ser pesado para el pobre muchacho estar aquí conmigo nomás, si está en plena edad de andar fuera, de salir con amigos, de hincarle los dientes al mundo, pero por pena se la pasa más tiempo del que me gustaría pegado a mis faldas. Siente que tiene que cuidarme, no dejarme solita. Sergio ha resentido tanto como yo esa distancia involuntaria de los últimos meses por parte de Adrián.

Fui al mercado el día anterior, compré servilletas y platitos desechables para la fiesta, hasta gorritos, serpentinas y espanta-suegras me traje. Pasé por el puesto de flores y elegí un ramo bien bonito de claveles rosas y pensamientos. Le di una buena repasada a toda la casa, hasta limpié debajo del sillón y arriba del refrigerador, quería que todo estuviera reluciente. El Sergio se fue a la peluquería temprano y me llegó con uno de esos cortes que dejan a los muchachos rapados hasta el cogote, se sentía guapo el condenado, hizo la finta de rasurarse los tres pelos que tiene por bigote, se puso una camiseta recién planchada y la gorra que tanto le gusta de los Dodgers de Los Ángeles. Saqué una botella de brandy Presidente que nomás estaba guardando polvo en un rincón de la alacena y mandé a Sergio a comprar dos litros de Coca y una docena de vasos grandes, de los rojos de plástico, para que a nadie le faltara con qué brindar. Como se trataba de una ocasión especial invité a la prima Natalia, ya ves que es la única que siempre ha estado pendiente de nosotros, además es a la que más quiero de la familia, los demás son una bola de interesados, de comecuan-dohay, de malagradecidos. La verdad, viejo, se portaron muy ojetes conmigo. Pero la Natalia siempre estuvo ahí, por eso la invité y rapidito me contestó que claro, que aquí estaría para celebrar a su prima consentida. También invité a doña Gudelia, la vecina de enfrente, ya ves que la pobre no tiene ni perro que le ladre y siempre anda muy pendiente de mí. Cuando recién falleciste, ella me cuidaba al Sergio, mientras estaba entre la escuela y la tienda, y el Negro ya andaba bien entrado en sus estudios. Hasta me animé a decirle a Marisela, ya sabes que es muy chismosa y luego va y le cuenta hasta el más ínfimo detalle, con pelos y señales, a las demás maestras de la escuela, inventándose la mitad, claro está, por eso nunca le he confiado nada muy importante ni la invito a la casa muy seguido, pero por el ambiente festivo y las ganas de olvidarme de todo, le dije que viniera.

Todos llegaron muy puntuales. Sergio y yo, media hora antes de la cita, estábamos listos. Ya con todo montado, las decoraciones, los platos, los vasos y la mesa puesta, el pastel de tres leches con las velitas, la tinga cocinada a fuego lento en la olla de barro esperando en la cocina y las tortillitas de maíz azul recién hechas. No dejábamos de dar vueltas de un lado al otro de la casa dizque revisando que todo estuviera bien, parándonos por turnos frente al espejo para asegurarnos de que estábamos guapos y presentables. Y cómo no íbamos a estarlo, si íbamos enfundados en nuestras mejores galas. Yo me sentía soñada, viejo, la verdad. El vestido nuevo al que le hizo un par de arreglos rápidos la modista me quedaba a pedir de boca, hasta se me veía un poco de cintura. Estábamos nerviosos, ansiosos, contentos. Natalia llegó al mismo tiempo que doña Gudelia, un poquito antes de la hora, me trajo de regalo un collar de bisutería muy bonito, con unos aretitos y una pulsera a juego. De la emoción me los puse inmediatamente. Doña Gudelia, muy amable, preparó una ensalada de nopal y un guacamole que estaba de rechupete. Al poquito tiempo se apareció Marisela, si la hubieras visto a la muy mustia, zapato de tacón, medias de reja y minifalda de piel negra, maquillada hasta las pestañas. No sé cómo su marido la deja salir así a la calle. Quién la viera, echando tiros la maestra, y bien puntual, si así empezara sus clases en la escuela, otra historia sería, le dije. Nos reímos a pierna suelta con mi comentario. El ambiente era jovial y alegre, todos traíamos ganas de pasarla bien. Sergio puso música para acompañar los ánimos, un poco de baladas y algunas cumbias. "Las mañanitas" las cantaríamos al partir el pastel y prender las velas. Ya solo nos falta el Negro, no debe de dilatarse mucho, ya verán qué guapa, fina y educada es la novia que trae. Sí, mi muchacho, donde pone el ojo pone la bala, les presumí.

Pero pasó media hora, luego otra más y nada. Se empezó a hacer tarde y los ánimos menguaban, yo estaba nerviosa, tenía un mal presentimiento. Intentaba agradar a los invitados, hacerlos pasar un buen momento, pero no podía sacarme de la cabeza a Adrián. Ya casi a las siete les dije que empezaran a comer algo, estaba oscureciendo y me dio pena que no les había ofrecido nada, empeñada en que el Negro iba a llegar. Poco a poco me fui dando cuenta de que no vendría, aun así, yo preferí esperar un tantito más y no probé bocado. Quería que sobrara algo de la tinga que con tanto cariño le preparé, su favorita. Brindé, eso sí, varias veces. Ya no me acordaba lo mucho que me gustaba el brandy, con su chorrito de Coca, siempre con moderación, claro está. Comimos, charlamos, hasta me animé a la bailada. Trataba de no pensar en que el Negro me había quedado mal otra vez. Aunque algo me decía que en esta ocasión era diferente. Lo disculpé con todos, "seguro se le atravesó algo de sus investigaciones, ya saben que tiene muchas ocupaciones y anda metido en un altero de papeles, así es mi Negro, una especie de científico loco que quiere cambiar el mundo. Seguro pasa a darme mi abrazo, aunque ya muy tarde, ustedes dispensarán", les dije sin creérmelo mucho. El más apenado por la falta de su hermano era mi Sergio, tan ilusionado que estaba de verlo. Sobre las nueve, doña Gudelia se despidió. "Ya no son horas para mí, m'hija", me dijo. Cantamos "Las mañanitas" y me llenaron de besos y abrazos antes de su partida. Aunque les pedí que no partiéramos el pastel, que me daba ilusión hacerlo con el Negro, solo les soplé a las velas y de deseo pedí que el Negro se apareciera, aunque fuera solo para darme mi abrazo. La prima Natalia no tardó en irse. "Qué gusto verte, prima, sobre todo tan guapa, así, arreglada, feliz, es como te recuerdo de cuando éramos jóvenes y libres", me dijo con la mirada brillosa de los tragos que traía encima. "Así es como te quiero ver de aquí p'al real", agregó antes de pellizcarme el cachete como si fuera yo una niña chiquita. La que traía su propia fiesta era Marisela, andaba necia que quería traer a su tío que era mariachi, que seguro no nos cobraba nada, que mandara al Sergio a comprar otra botella, ahora de tequila, para un último brindis. Terminó descalza y echada en el sillón, ya casi a la medianoche llegó su marido, con la cara llena de vergüenza, a recogerla. "Buenas noches y muy feliz cumpleaños, con permiso, que la sigan pasando bien", me dijo antes de llevársela sobre el hombro y agarrada de la cintura. La Marisela ya ni adiós pudo decirme.

Le eché llave a la puerta y de repente la casa se me vino encima. Sergio hacía rato que se había ido a encerrar a su cuarto, andaba como enojado, rabioso, le pudo mucho que su hermano nos hubiera dejado plantados. Sentía un dolor en el pecho, quería echarle la culpa al alcohol, pero sabía que era la preocupación por el Negro. Por qué no habría llamado para avisar, por lo menos. Por qué no se presentó ni aunque fuera ya tarde. Por qué no me contestaba las llamadas, era la enésima vez que le marcaba, en mi mero cumpleaños, a lo largo de toda la tarde y lo que iba de la noche y no me contestaba ni me devolvía la llamada. Ahí empezó la pesadilla, mi viejo. Una pesadilla que ya ha durado tres días y tres noches y de la cual nomás no podemos despertar. El Negro sigue desaparecido y nosotros ya no podemos más.

Esa noche apenas si pegué el ojo, no tuve fuerzas para recoger el tiradero ni para limpiar los restos de la fiesta. Ni siquiera me quité el vestido ni me lavé la cara. Me eché sobre las cobijas e intenté conciliar el sueño, pero solo se me aparecía la cara del Negro. Escenas de su infancia, de nuestros primeros años allá en Chalco, de sus días en la escuela y de su entrada a la ENAH, de su traje negro y la cara pávida que traía en tu funeral, del día que se fue de la casa, de sus ojos titilantes de felicidad cuando me contó que andaba cacheteando la banqueta por esa muchacha, de su voz que escuché por última vez unos días atrás prometiéndome que vendría a festejar mi cumpleaños en familia. A las cinco de la mañana me levanté de la cama, ya no podía de la angustia. Me desvestí, me bañé y me hice un café. No tardó mucho en salir de su cuarto Sergio, traía una cara tan demacrada como la mía. "Ay, m'hijo, se me hace que no te dejé dormir nada", le dije. Levantó los hombros en señal de resignación. "¿Qué pasó? ¿Ya te llamó el pinche Negro para pedirte perdón por no venir, para felicitarte?", me preguntó. Mi silencio respondió lo que yo no quería decir ni Sergio escuchar. De su hermano no sabía todavía nada. Lo peor es que ya ni siquiera saltaba el contestador de su celular, quizá de los chorrocientos mensajes que le dejé desde la víspera, esperando inútilmente que se pusiera en contacto conmigo.

Llamé a la escuela para avisarle a la directora que ese día no me iba a presentar, que tenía una emergencia. "Pero cómo, si la maestra Marisela justo acaba de reportarse enferma, ¿ahora quién se va a hacer cargo de sus grupos?", me reclamó sin resultado. Le pedí al Sergio que se arreglara lo más rápido posible, preparé unos frijoles, calenté unas tortillas que sobraron de la fiesta y le hice un poco de café. Salimos con uno de los primeros camiones de la ruta de la avenida Rojo Gómez, en la mano traía hecho bolita el papel donde el Negro me apuntó la dirección del departamento al que se había ido a vivir con la novia. Sergio no me hizo ninguna pregunta, ya se las olía. Antes del mediodía estábamos ahí, un par de patrullas estacionadas en el zaguán, vigilando quién entraba y quién salía.

—Qué se le ofrece, doñita. —Me cerraron el paso unos oficiales.

—Busco a mi hijo, aquí vive, desde ayer que no sé nada de él —les dije.

—Uy, doñita, dicen que su hijo no es de fiar, no vaya usted a ser del estilo. —Me amedrentaron. La puerta del departamento del Negro estaba precintada, un policía resguardándola—. Ahuecando el ala, aquí no hay nada que ver —nos dijo apuntándonos con la mirada.

—Vengo a buscar a mi hijo —lo enfrenté—. Adrián Romero López, aquí vive, soy su madre.

—A su hijo lo está buscando el Estado, es un prófugo de la justicia —arremetió.

Nos retuvieron tres horas, no dejaron de hacernos las mismas preguntas. Que si dónde estaba el Negro, que si quiénes eran sus cómplices, que si cuánto tiempo llevaba en actividades subversivas. "Si yo también lo estoy buscando", les repetía una y otra vez. No sé de dónde saqué las fuerzas para aguantar todo eso, viejo. Y el pobre Sergio, con una entereza que cada que me sentía caer me levantaba.

Todo eso en el patio del edificio, sin permitirnos ni siquiera entrar al departamento del Negro. Finalmente nos dejaron ir, aunque metiéndonos miedo. Que si no estábamos diciendo la verdad, que si les mentíamos sobre el paradero del Negro, que si lo estábamos encubriendo. Me empeñé en ir a tocar a cada una de las puertas de los vecinos por más que Sergio me insistió en que nos regresáramos a la casa. No podía irme de ahí sin por lo menos preguntarles qué habían visto, si habían hablado con él, si sabían algo. Ni una sola persona tuvo la decencia de responder cuando les tocábamos el timbre. Seguro alguno no estaría en casa, pero el resto me cae que estaba ahí atrincherado, haciéndose oídos de palo. No sé si no nos quisieron abrir por miedo, porque no querían meterse en problemas, o simplemente por insensibles, por indiferentes. Quizá hasta yo hubiera hecho lo mismo si llegaran dos desconocidos a tocar insistentemente a mi puerta.

De vuelta a la casa no nos dirigimos la palabra. Yo seguí marcándole al Negro desde mi celular hasta que se me acabó el crédito, siempre con el mismo resultado. Sergio también intentó desde el suyo, pero sin éxito. Empezamos entonces a buscar a sus cuates, primero los más cercanos, de los que teníamos santo y seña. Jorge, Raúl, Emilio, el Chino, Gonzalo. Nadie nos supo decir nada, llevaban tiempo de no hablar con él. Luego busqué afanosamente a los profesores de los que tanto me presumió, los que decía que eran sus amigos más que sus mentores, pero no logré dar con ellos. En la ENAH me aseguraron que ya no tenían ninguna relación con la institución y que no tenían manera de localizarlos. Hablé a la facultad y al centro de investigación, se sorprendieron al escucharme, terminaron ellos haciéndome preguntas sobre el Negro, insistiendo en que llevaban también buscándolo unos cuantos días. Se nos fue el día y se hizo de noche, una noche oscura, sin sueño, sin suerte. Amanecimos y volvimos a empezar, otro día de llamadas a otros amigos, a amigos de los amigos, a conocidos y a desconocidos que pudieran saber algo. Sin pistas, sin respuestas, con dudas, con creciente incertidumbre. Empecé a romper en llanto de la nada, todo el tiempo. Regresó la noche y la zozobra. Tres noches, tres días y seguimos sin saber nada, aquí, llorándolo, rompiéndonos con cada timbrazo de la puerta, con cada llamada sin contestar, con cada mención que hacen de Adrián en la televisión.

A veces creo que fue culpa nuestra. Tuya, viejo. Por qué fregados tuviste que inculcarle ese gusto por la aventura, esa afición por la historia, esas ganas de desenterrar el pasado, esa hambre insaciable de comerse al mundo, de querer saber, de aprender. Mía, también. Qué afán de solaparle todos los caprichos, de aplaudirle todas las ocurrencias, de dejarle volar con alas propias, de darle por su lado, de aceptar que estudiara Arqueología. De heredarle esta mugrosa piel tan oscura, de parirlo negro, de imponerle un apodo que se convirtió en su cruz, y también en la nuestra. Le hicimos pensar que era invencible, viejo, cuando en verdad solo lo volvimos vulnerable.

—¡Mamá, mamá! ¡Jefecita, espabílate, te estoy hablando! —Sergio truena los dedos de su mano derecha frente al rostro inanimado de su madre—. No puedes continuar así, mamita, no podemos seguir así. El Negro nos necesita, no es justo darnos por vencidos sin haber dado la batalla. Ya no llores, por favor.

La mujer despierta del trance, parpadea un par de veces abriendo con dificultad los ojos. Se seca las lágrimas, se limpia la cara y se acomoda la maraña de pelos con unos pasadores. Con una mueca de compunción en la boca, se levanta y coge un cuchillo de la cocina para partir dos pedazos del pastel de tres leches que reseco remata aún la mesa del comedor.

Le da una rebanada a su hijo menor y empieza, con hambre, a comerse la suya mientras calienta agua para preparar dos tazas grandes de café soluble.

—Tienes razón, m'hijo, tu hermano ocupa nuestra ayuda. Ya estuvo bueno de tanto llorar, las lágrimas me las voy a guardar para cuando volvamos a ver al Negro y podamos abrazarlo. Aquí no nos vamos a quedar de brazos cruzados, si el Negro no viene, vamos a salir a buscarlo, hasta encontrarlo.

Senado de la República, Ciudad de México, miércoles 23

—Eso mismo quería yo escuchar, que algo así no se repetirá. Si nosotros siempre nos hemos llevado muy bien, no hay una sola ocasión en la que no nos hayamos puesto de acuerdo. Ya lo decía mi difunta madre, a quien Dios tenga en su santa gloria, hablando se entiende la gente. No es casualidad que sus noticieros estén entre los más vistos del país y sus conductores entre los más reconocidos. Ustedes nunca le faltan a la verdad, que de eso me encargo yo, dicho sea de paso. Ándele, mucho gusto en saludarle, claro que sí, pronto nos vamos a comer, yo invito, faltaba más. Una de cal, por las que van de arena. —El padre de María desliza torpemente sus gordos dedos sobre la pantalla del teléfono inteligente de última generación para terminar la llamada. Avienta, con desdén, el dispositivo móvil a una de las poltronas de cuero que preceden el amplio escritorio sobre el que despacha. Enciende con una cerilla de madera un puro recién cortado.

Este cabrón me salió más listo que el hambre. "Cómo cree usted, señor senador. No volverá a suceder, señor senador. Por supuesto, señor senador. Claro, señor senador. Lo que usted diga, señor senador. Discúlpenos, señor senador. Cuando usted quiera, señor senador. Gracias, señor senador". Se puede meter su méndigo señor senador por el fundillo. Pobre mediocre. Ya me tiene hasta la coronilla, pero lo de esta mañana de plano me colmó la paciencia. De qué sirve que nos estemos chayoteando a todos sus jodidos periodistas, de qué sirve que tengamos un equipo de censores infiltrado en su redacción y en cada una de sus piteras producciones, para qué le compramos el ochenta por ciento de publicidad, para qué diantres está su nombre dentro de la nómina de la Secretaría de Gobernación, si de cualquier forma hace lo que se le pega la regalada gana. Publica lo que le sale de los tompiates, transmite lo que se le antoja. A mí, su apellido de abolengo me vale una pura y dos con sal, sus ínfulas, sus pinchurrientos títulos de universidades extranjeras, su quesque prestigio, su "liderazgo informativo", y todas esas mamadas valen para pura madre. Si no es más que un vendido, otro chayotero cualquiera, un pelele al servicio del dinero que le inyectamos a sus periodiquitos, a sus mugrientos canales de televisión, a sus remedos de negocio. Si no fuera por mí, ya les habrían cerrado el changarro, ya hubieran perdido su concesión para radio y televisión, ya los habríamos metido al bote, empezando por ese cabrón que se las da de muy fregón e independiente, pero que no es más que un pobre pendejo a nuestro servicio.

Cómo se les fue a ocurrir semejante barrabasada. En qué momento el productor responsable, el editor en turno, los presentadores a cargo del noticiero, el estúpido director de información y el resto del equipo de inútiles que tienen ahí trabajando pasaron por alto que el nombre de mi hija es intocable. En qué cabeza tan diminuta concibieron que podían pasarse por el arco del triunfo su inviolabilidad. Qué tipo de retrasados mentales tomaron la decisión de dispararse en el pie de esa manera. "Usted comprenderá, señor senador, pero el comunicado de prensa de la Secretaría de la Defensa detallaba ambos nombres. Cómo puede usted pensar, señor senador, que no íbamos a corroborar dicha información con la Dirección de Comunicación Social de la dependencia. Cuando ello estuvo hecho, no pude más que dar mi visto bueno, señor senador. Asumí que era algo que usted mismo había aprobado. Cómo iba yo a pensar lo contrario, señor senador". Usted no piensa un carajo. Periodista vendido, comunicador propagandista, remedo de hombre. Que se llene la boca de sus falsos llamados a respetar la libertad de expresión y a denunciar la censura cuando esté hablando con los tarados que quieran creerle el cuento. A mí que no me venga con semejantes tonterías, no soy alguien que se cueza al primer hervor, por quién me habrá tomado ese pelele. Con todo y todo, creo que sirvió el escarmiento. Aunque no deja de preocuparme que, a primera hora del día en el telediario de mayor audiencia del canal más visto en este país, el nombre de mi hija se haya pronunciado en correlación a un criminal, ese hijo de su madre que se la robó, ese pinche prieto baboso que le lavó el cerebro. Pero esto no se va a quedar así, el que también va a escucharme es ese chupamirto del General Secretario, como si a estas alturas del partido ese muerdealmohadas no supiera de sobra de qué cuero salen más correas.

"Socorrito, hágame el favor de comunicarme, ahorita mismo, con el General Secretario. Me urge hablar con él", el hombre de espeso y negro bigote, afeitado semanalmente a la perfección en una peluquería de toda la vida de la colonia Juárez, aspira suavemente el puro que sostiene con su mano izquierda, llenando su boca de humo, regodeando sus papilas gustativas con el denso sabor del tabaco. Se coloca las gafas para ver de cerca y revisa sin mucho interés un par de oficios que esperan su firma sin decidirse a estamparla aún. Da una ojeada al altero de iniciativas de ley en la bandeja respectiva y con un garabato dibuja su rúbrica en las hojas correspondientes al visto bueno del legislador. Regresa la mirada a los oficios expectantes y en el camino se topa con el portarretratos de plata de Christofle que preside el escritorio, acercándoselo a la boca y plantándole un beso. Observa con detenimiento la fotografía de su hija María a los cinco años, quien en la imagen juega con varias piezas de Lego desperdigadas sobre una alfombra persa. Suspira, sin dejar salir aún el humo por la boca.

Ay, m'hija. Por qué tuviste que crecer, por qué tuviste que hacerte señorita, por qué tuviste que cambiar tanto. Si eras perfecta, así como llegaste al mundo, un angelito de vellos rubios y risa fácil. La bebé más hermosa que jamás haya existido. Me acuerdo como si fuera ayer de cuando me mandaron llamar del hospital para darme la noticia. Casi se me caen los pantalones, el corazón se me aceleró a mil por hora, se me salía del pecho, y los huevos se me subieron a la garganta. Un cúmulo indescriptible de emociones se apoderó de mi cabeza, acelerándome sin control. Solo pensaba en salir corriendo a la maternidad para cogerte entre mis brazos.

Moví cielo, mar y tierra para escabullirme de la oficina, con la esperanza de que nadie se diera cuenta de mi ausencia, al menos no durante un par de horas. Cogí las llaves del carro y corrí al estacionamiento, no pensé en avisar de mi escapada a las secretarias, ni siquiera me preocupé en buscar al chofer, aunque sinceramente no me interesaba ni lo uno ni lo otro, no quería que nada ni nadie se interpusiera en mi camino, no quería que hubiera testigos de mi felicidad, no quería perder un segundo más sin conocerte.

Llegué al hospital jadeando, después de estacionar el coche en el primer lugar que encontré libre y correr el trecho que aún me separaba de tus bracitos y piernas. Hice un amago de pelea con las enfermeras de la recepción y con tu abuelo materno que fungieron como comité de recepción a mi llegada. Hice oídos sordos a sus comentarios, pasé de largo de preguntarle a tu mamá cómo estaba, a fin de cuentas había sobrevivido una labor de parto, con cesárea incluida, que sobrepasó las veinte horas. No reparé siquiera en la presencia de tu abuela. Lo único que me importaba era cargarte, verte a los ojos, susurrarte al oído. Cuando por fin pude tenerte en brazos, el mundo entero se paró. Dejé de escuchar la cacofonía de voces que instantes antes atolondraban mis oídos, no tuve ojos más que para ti. Recuerdo lo frágil y pequeñita que te veías, lo indefensa, vestida con ese ropón rosita y envuelta como tamal en una manta del mismo color. Recorrí con la yema de mis dedos tu cabecita calva, sintiendo erizárseme la piel al tacto con la tuya. Recuerdo aún tus ojitos del tamaño de una lenteja, cerrados, durmientes, en paz. Cómo quisiera darle vuelta atrás al tiempo, cómo me gustaría que regresáramos a ese cuarto de hospital, cuánto daría por que volvieras a ser mi princesa. Mía, la única, de nadie más.

Quizá nunca te lo he contado, pero el doctor Limón se empeñó en que tu madre y tú se quedaran en observación casi una semana, días que a mí se me hicieron eternos, para descartar cualquier complicación posparto, me aseguró el rimbombante ginecólogo. Cuando finalmente llegaste a casa unos días después, todo y todos estábamos listos para recibirte. Contraté a la mejor diseñadora de interiores que había en México en ese momento, bueno, al menos la más cara, eso te lo aseguro, para que se encargara de transformar tu habitación y el cuarto de juegos contiguo en un auténtico paraíso infantil. Tu cuna y el moisés, un clóset enorme para acomodar el creciente repertorio de pijamas, vestiditos, zapatos tan minúsculos como tus pies, sombreritos y baberos que te regalaron parientes y conocidos. Amén de la cantidad de fregaderas que tu mamá compró para ti durante su embarazo entre cada uno de nuestros viajes a Houston, San Antonio o San Diego. Un mural de colores rosados, verdes y morados, entre pálido y pastel, que dibujaba jirafas, elefantes, hipopótamos y rinocerontes en un idílico paisaje africano y una estantería de techo a piso en la que te esperaban docenas de peluches y muñecas. ¿Te acuerdas de tu habitación de niña, María?

Aquellos primeros días transcurrieron en cámara lenta, cada gesto tuyo, cada amago de sonrisa, cada despertar y cada beso antes de dormir hicieron de la casa un remanso de alegría y paz. De cierta forma, tu llegada hizo que todo lo demás pasara a segundo plano, que mis preocupaciones se desvanecieran. Incluso, que me reconciliara con tu madre; las discusiones, la frustración, el desgaste y los dolores continuos de cabeza que hacían de la convivencia con ella algo imposible desparecieron. Solo había espacio para ti y para lo embelesados que nos tenías a los dos. Fuiste, desde el principio, la bebé perfecta, la hija idónea y más esperada, una princesita de carne y hueso, mi princesita. Dormías casi toda la noche, comías bien y con ganas, no gritabas y todo lo veías con tus enormes ojos grises llenos de curiosidad. Según tus nanas, las enfermeras que te cuidaban y las niñeras que venían con nosotros de viaje, algunas traídas por tu mamá desde Mexicali, otras recomendadas aquí en la ciudad, nunca se habían topado con semejante criatura, tan bien portada, tan despierta, tan inteligente, bueno, al menos eso nos repetían las muy zalameras cada que les preguntábamos por ti.

El tiempo pasó demasiado rápido. Cuando don Gumer me ofreció financiar mi campaña como gobernador de Baja California, y, junto con sus muchachos, garantizar que la ganaría en las urnas, no me dejó mucho campo de acción. Accedí porque no me quedaba de otra, pero también porque nos convenía y porque siempre quise ser gobernador, para qué te voy a contar historias. Tú ya te las sabes todas, María. Los meses de campaña rompieron el pequeño oasis en que se había convertido nuestro hogar; el hechizo que, al menos durante tus primeros días de vida, hizo de nuestra existencia familiar un paraíso, se rompió. Ya nada volvió a ser como antes, pero al menos tú estabas ahí, tú hacías la diferencia, tú te convertiste en mi motor, fue por ti que emprendí ese camino, ha sido siempre por ti, María Manuela, que he tomado cada una de las decisiones que me han traído hasta aquí. Por ti, por tu bienestar, por tu futuro, por tu felicidad. Por qué no quieres verlo, por qué te niegas a reconocerlo, por qué te fuiste, por qué me castigas así, hija. Todo lo que he hecho, desde el principio, ha sido pensando en ti.

Todavía me da risa aquella primera vez que nos trepamos contigo en el jet que nos mandó don Gumer para asistir al mitin de lanzamiento de mi campaña por la gubernatura del estado. Creo que estabas a punto de cumplir seis meses. No sabes cómo me la armó de tos tu mamá por osar pedirle que me acompañaran a Tijuana. "Cómo se te ocurre. Con todo lo que yo he sacrificado, ahora te atreves a pedirme utilizar a nuestra hija para que sigas con tus cochinas ambiciones, a una bebé que ni siquiera tiene medio año, arriesgarla, vulnerarla, violentarla de esa manera". La misma cantaleta de siempre, pero ahora con el añadido de que estabas tú de por medio. Como si tu mamá no se diera la vida de rica que siempre quiso, como si tus abuelos no hubieran venido a ofrecérmela al rancho cuando éramos huercos. "Ándele, ya verá que es muy buena mujer", me dijo tu abuelo convenciéndome de que me casara con ella y queriendo que les perdonara mi apá los años que llevaban de no pagar derecho de piso. En fin, tu mamá me hizo desembolsar miles de dólares antes de acceder a traerte con ella a Tijuana, que necesitaba ropa nueva, que no había hecho apariciones públicas desde el embarazo, que una futura primera dama, que una esposa de gobernador, que no sé cuánta chingadera. Lo bueno es que con el varo, los ajuares nuevos y sus pastillas, las docenas de pastillas que tenía que tomar de la mañana a la noche, se convertía en otra mujer. Yo te senté en mis piernas, contraviniendo el consejo de la azafata e ignorando la perorata interminable de tu mamá. No se me olvida cómo se te iluminó la cara tan pronto el avión comenzó a ascender entre las nubes. Apenas si te quejaste por el cambio de altitud y tus oídos tapados. No te alcanzaban los gestos para absorber todo lo que veías desde la ventanilla. Creo que desde ahí te picó el mosco. ¿Alguna vez te lo había contado, María Manuela?

Sí, m'hija, un mosquito imperceptible fue el que te picó, quizá del tamaño de un jején. El que te contagió de esa fiebre incurable de andar de arriba para abajo todo el tiempo, como decía tu mamá, como si tuvieras hormiguilla en el calzón. No entiendo a quién le sacaste ese afán casi enfermizo de estarte moviendo, de viajar incesantemente, de conocer continentes, de coleccionar idiomas, de enamorarte de otras culturas, de obsesionarte por África, por los negros, por ese mugre prieto hijo de su madre. De mí y de tu mamá, seguro que no fue. Ya sabes que para mí no hay mejor lugar que nuestro país, con todo y la cantidad de problemas que tenemos, como México no hay dos. Y nomás porque del otro lado está el negocio que más nos deja, me cruzo a Estados Unidos cuando toca, pero si por mí fuera, a mí de aquí no me sacaban. Y tu mamá, pues qué puedo decirte, tú la llegaste a conocer mejor que yo, mejor que nadie, diría, cuántos secretos no se habrá llevado consigo cuando decidió atragantarse de pastillas y beberse la mitad de las botellas que encontró en la casa. Mejor así, quizá. En fin. Ella, con las visitas mensuales al departamento de Nueva York y a la casa en Houston, y sus respectivas sesiones de *shopping*, tenía suficiente. Nunca fue una mujer muy exigente, eso tengo que reconocerlo; chingaquedito y medio loca, la pobre, pero nunca exigente. Se conformaba con muy poco, seguro no te acuerdas, todavía eras muy pequeña, pero tuve que rogarle que aceptara hacer ese viaje a Europa en el que recorrimos Londres, Roma, Madrid y París. El último año de mi administración en Baja California, quesque una gira de trabajo para atraer inversiones, todo nomás para disfrazar el tour que tenía ilusión de hacer con ustedes y con tus abuelos. Regresó fascinada, igual que tú, pero convencida de que no repetiría pronto. "A mí no me saques del *mall*, para museos ya tengo a las momias de mis suegros y para mamonerías como las que hacen los europeos, mejor me quedo con tus groserías, que al menos ya sé cómo torearlas". Qué bueno que no te heredó su amargura, m'hija. Tú, por el contrario, a la vuelta de ese periplo europeo, pasaste semanas hablando hasta por las orejas de todo lo que habías visto y lo que habías aprendido. Con tu letra deforme de niña de primaria escribías lo que bien podría haber sido un diario de viaje, con dibujos incluidos que no te cansabas de enseñarle a quien se dejara. ¿Te acuerdas? ¿Dónde quedó ese cuaderno, María?

Cómo me gustaría volver a aquellos días, darle marcha atrás al tiempo. Haberme reelegido, aunque entonces era imposible. Extender, por lo menos un sexenio más, nuestra estancia en Baja California. Qué distinto sería todo, quizá no te habrías empecinado en irte de viaje constantemente, tal vez no se te habría metido en la cabeza la tontería de estudiar en la mamarrachada esa de la Escuela Nacional de Antropología e Historia. Quizá tu mamá seguiría viva y tú todavía estarías aquí conmigo. Pero me fue imposible, por más poder que me jacte de tener, que no es poco, María, porque eso bien lo sabes tú, por más que te empeñes en negarlo, en renunciar a tus raíces, en repeler tus orígenes. No hay manera de cambiar el pasado, María Manuela. Y, aun así, aquí estoy, arrepintiéndome de todo y al mismo tiempo de nada. Como estoy seguro de que, en donde sea que te encuentres, también haces tú. ¿O no, m'hija?

En realidad, no tenía de otra, no teníamos de otra, María. Tu destino y el de tu mamá, que en paz descanse, siempre estuvieron y siempre estarán, intrínsecamente, ligados al mío. Te guste o no, decidas asumirlo y vivir con ello o carcomerte rechazándolo como hizo tu mamá, muriendo en el intento. No había manera de que nos quedáramos en México al terminar mi sexenio como gobernador, los dados estaban echados, la suerte no jugaba de nuestro lado. La sugerencia de don Gumer fue la más pertinente, fue solo pedírselo al presidente y nuestro futuro estaba resuelto. Suiza fue el lugar ideal, qué mejor que pasar unos años alejados de todo ese desmadre en el que se estaba convirtiendo el país. Tomar distancia, descansar, limar asperezas en donde se necesitaba y amarrar navajas en donde hacía falta. Limpiar nuestro nombre con la distancia geográfica y temporal. Revisar de cerca las cuentas e inversiones en el banco suizo, hacerlas crecer. Disfrutarte a ti y que me disfrutaras tú, a pesar de tu mamá. Cómo hubiera imaginado que aceptar el nombramiento como embajador de México cambiaría tanto nuestra historia, te cambiaría tanto a ti, María Manuela, nos cambiaría tanto a todos, para siempre. ¿Alguna vez te has puesto a pensar en ello?

Los seis años en Berna se me pasaron volando, presenciar tu transformación de niña a adolescente de la noche a la mañana me turbó. Constatar que con cada ciclo escolar que pasaba, con cada visita invernal a St. Moritz, con cada recaída de tu mamá, con cada nuevo amiguito que hacías en el internado, con cada día que pasábamos alejados de México, te distanciabas lentamente de mí, convirtiéndote inadvertidamente en la mujer fuerte e independiente que deviniste, me desarmó. Todo ello me resultaba incompresible, me producía una desazón que nunca supe, bien a bien, cómo procesar. Quizá, de manera inconsciente, fui yo también cavando una trinchera entre los dos que con los años se volvió infranqueable.

Tengo que reconocerlo, María Manuela, nunca lo he hecho, quizá ya sea demasiado tarde, pero tú lo mereces. Mi empecinamiento en controlar todos tus pasos, a cada momento y en cada lugar, de una manera malsana y que en Tijuana o en la Ciudad de México podía justificar por las múltiples amenazas que nuestra posición conlleva, carecía por completo de fundamento estando en Suiza. La intransigencia y la indiferencia emocional con la que combatí cada una de tus decisiones, imponiéndote siempre mi voluntad, respondía a mi miedo a saberte cada vez más distante, a perderte. Todo siempre lo hice con la intención de protegerte, querida hija, tienes que creerme, por el instinto de preservar lo que teníamos, lo que éramos. La osadía de obligarte a seguirme en la carrera diplomática, arrancándote de Suiza a tus dulces, aunque rebeldes, dieciséis, fue la gota que derramó el vaso. Tras el suicidio de tu mamá debí dejarte vivir el duelo por su partida en México, con tus abuelos, como me implorabas a cada lágrima, y no arrastrarte conmigo, como otro mueble más del menaje, a Buenos Aires. Ese fue el inicio del fin, el principio de una larga despedida de la que aún me niego a participar. ¿Tú lo sientes igual que yo?

Después de aquello, no hubo vuelta atrás, las discusiones constantes, solo interrumpidas por largos e incómodos silencios, se convirtieron en nuestro único punto de encuentro. Lamento, dolido, cómo usé mis últimas fuerzas y artimañas paternales para tratar a toda costa de evitar que te inscribieras en la ENAH. "¡Antropología social, hazme el chingado favor!", te grité vociferando, pero tú ya no oías nada, mis amenazas ya no surtían efecto en ti. Recuerdo todavía tu mirada desafiante, tu mueca irónica. Ahora lo entiendo todo, después de tantos años. Ahora lo veo claro, ahora sé que fui yo el primero que marcó el abismo insoslayable entre los dos, María Manuela. De nada sirvió que te depositara puntualmente tu pensión mensual, muy generosa, por cierto, que te pusiera un departamento, que descartara, al menos durante algún tiempo, cualquier cargo público, que me apersonara en tu graduación como flamante antropóloga de la ENAH, que accediera a conocer al mequetrefe ese a quien te jactas de tener como novio. La distancia siguió estando ahí, aún pervive. De qué me vale tenderte puentes cuando no sé cómo ni a dónde hacerlo, hace más de un año que no sé siquiera dónde vives, cómo vives, quién eres, María Manuela. Y ahora, encima, esto, tu nombre y el mío deshonrados, en un macabro espectáculo en televisión nacional. En fin, supongo que todo era previsible a la vez que inevitable, m'hija.

"Socorrito, ¿qué pasó?, ¿por qué no me ha comunicado con el General Secretario? Ya le dije que me urge. ¿Cómo? ¡Qué reunión ni que ocho cuartos! Instrúyale a su asistente que le pase el teléfono en este mismo instante y, si no, que se atenga a las consecuencias. ¡Hágame el favor!", el senador Ariza aspira con inusitada vehemencia su puro, el sabor del humo recorriendo su paladar se torna amargo. Ve de reojo el pisapapeles con un alacrán disecado y bañado en oro que ocupa un lugar privilegiado en el librero de su despacho, regalo de don Gumer, y vuelve a aspirar con enjundia.

Y este hijo de su reputísima madre quién se ha creído que es. Un pinche sargentito venido a más que colocamos ahí para que nos hiciera los mandados, no para que rezongara ni para que se pusiera sus moños. Ahora resulta que este cabrón se nos está poniendo rejego, lo que nos faltaba. Siempre pasa igual, basta que prueben una pizca de poder para que se empalaguen, para que se enmielen a manos llenas y, avorazados, se relaman hasta los juanetes de las plantas de los pies, embadurnados con melcocha. Es subirse a ese pequeño ladrillo y perder piso. Este pendejo seguro se piensa dueño y señor del gran emporio en que se ha convertido el Ejército, controlador de los destinos de las múltiples empresas que facturan bajo su sombra. Un pelele cualquiera que no puede ver más allá de lo que tiene enfrente. Lo bueno es que don Gumer ya se está dando cuenta de su error, con todo y la experiencia que tiene el condenado, más por diablo que por viejo, con su olfato infalible, se le fue este pendejo que nomás le pone trabas cuando debiera sin chistar cumplir sus órdenes, incluso antes de recibirlas. El rimbombante título de General Secretario le viene demasiado grande a ese muerto de hambre, un resentido cualquiera que se está ahogando en su propia y mediocre ambición. Se cree inteligente el pobre pendejo por haberse comprado esos carros deportivos que pasea sin pudor y las casas y departamentos en Estados Unidos que tiene registrados a nombre de un pariente político y que utiliza como burdel. No repara en que todo eso es una condescendencia que le hace don Gumer, de la que, me parece, el Señor está bastante arrepentido. Un pobre idiota que se cree dueño de su destino, cuando solo es una pieza más sobre el tablero de ajedrez. Aquí el único que pone y quita Generales Secretarios y presidentes es don Gumer, el verdadero dueño de México, el único líder que tiene y ha tenido este jodido país. Ese pinche militar de pacotilla qué. En fin.

—Disculpe, senador. Tengo en la línea al General Secretario —la discreción, en su voz y acciones, es uno de los principales atributos de la secretaria de años y amante ocasional del padre de María.

—Pero qué está esperando, Socorrito, páseme la llamada, pues. —El senador por Baja California da una última aspiración al puro que deja colgando a medio consumir sobre el portentoso cenicero de cristal cortado de su escritorio y, echando una mirada lasciva a la mujer de cuarenta años y entallado vestido fucsia, coge el auricular—. Déjese de disculpas tontas y de pretextos absurdos y rebuscados, General Secretario. En qué cabeza de chorlito cabe dar una instrucción así, cómo se le fue a ocurrir involucrar el nombre de mi hija en sus tropelías. Me vale gorro quién sea ese pobre diablo y a usted le debería importar un comino lo que mi hija estuviera haciendo en ese departamento. Hace un par de horas hablé con el dueño de la televisora y me confirmó que el comunicado de prensa al que hizo referencia esta mañana el señor presidente salió de la Secretaría de la Defensa. La secretaría de la que usted está a cargo, por si no se había enterado, y a la que, por cierto, no llegó solito, en caso de que se le haya olvidado. En su vida vuelva a pronunciar el nombre de María Manuela Ariza, su boca ensucia el honor de mi hija y el mío propio. No sé cómo le vaya a hacer, pero en este momento desaparece todo rastro impreso que exista con sus iniciales o seudónimo, los récords radiales y televisivos ya fueron borrados, que para eso estoy yo aquí. Y tan pronto haya hecho eso, emprenda una búsqueda nacional con sus mejores elementos para dar con mi hija y me la trae directito aquí, sin chistar y de ser posible antes de que termine la semana. Por cierto, al estúpido que tiene a cargo de su Oficina de Comunicación Social me lo pone de patitas en la calle. Bueno, pues entonces le aplica un cese definitivo o lo traslada esta misma tarde a alguno de los pasos fronterizos más jodidos y calientes que tengamos. ¿Me oyó?

El padre de María coge de nuevo el puro y, sosteniéndolo con los dientes, lo enciende mientras envía un mensaje de texto a su secretaria indicándole que la espera a las seis en el bar del Sanborns de Tacubaya, junto al hotel de siempre.

Oficio del Archivo General de Indias dirigido a María Manuela Ariza, un año antes

Archivo General de Indias C. 609/20180344

Sevilla, España, a 20 de junio

Estimada Sra. Ariza:

En virtud de su carta solicitando información sobre Juan Garrido, le indicamos que la investigación que usted plantea, por su entidad y dedicación, la debe realizar *in situ* y bajo la supervisión y con el permiso de las autoridades consulares de su país de origen, en tenor de los acuerdos vigentes entre el Ministerio de Cultura y, en este caso, la Secretaría de Cultura y la Secretaría de la Defensa mexicanas. En este sentido, le sugerimos iniciar a la brevedad posible las gestiones correspondientes con las dependencias diplomáticas de su gobierno en Madrid y/o Barcelona a fin de proceder con su solicitud.

En lo que respecta a la copia del documento ES.41091. AGI/24/MEXICO.204.N.3, Informaciones de oficio y parte: Juan Garrido, conquistador y pacificador de Nueva España, vecino de México (1538), es de mi agrado remitir en adjunto el texto transcrito, digitalizado, que obra en nuestro acervo y que es de dominio público.

Reciba un cordial saludo,

Departamento de Referencias - MAOM

Archivo General de Indias

Información y pedimento de Juan Garrido, de color negro, México, 1538

En el nombre de Cristo.

En la gran Ciudad de México de esta Nueva España a veintisiete días del mes de septiembre del año de mil quinientos y treinta y ocho, ante el señor Fernando Pérez de Bocanegra, alcalde de esta dicha ciudad por Su Majestad, y en presencia de mí, Martín de Castro, escribano público de ella, pareció Juan Garrido, de color negro, vecino de esta dicha ciudad y presentó un escrito de pedimento con un interrogatorio de preguntas que es este que se sigue:

Muy noble señor, Juan Garrido de color negro, vecino de esta ciudad, parezco ante vuestra Merced y digo que yo tengo necesidad de hacer una probanza ad perpetuam rei memoriam *de cómo he servido a su Majestad en la conquista y pacificación de esta Nueva España desde que pasó a ella el Marqués del Valle y en su compañía me hallé presente en todas las entradas y conquistas y pacificaciones que se han hecho siempre ante el dicho Marqués. Todo lo cual he hecho a mi coste y sin percibir salario ni repartimiento de indios ni otra cosa, siendo como soy casado y vecino de esta ciudad y que siempre he residido en ella.*

Y así mismo fui y pasé a descubrir con el Marqués del Valle las islas que están de esa parte del Mar del Sur, donde pasé muchas hambres y necesidades. Y así mismo fui a descubrir y pacificar las islas de San Juan de Borinquén de Puerto Rico. Y así mismo fui en la pacificación y conquista de la isla de Cuba.

En todo lo que a treinta años que yo he servido y sirvo a su Majestad, por ende, a vuestra ciudad, pido que habida información de lo susodicho y de cómo yo fui el primero que hizo la experimentación en esta Nueva España para sembrar trigo y ver si se daba en esta, lo cual hice y experimenté, todo a mi costa.

Y así hecha la dicha información vuestra merced me la mande dar signada y sellada, en la cual ponga su autoridad de decreto judicial para que yo la presente ante su Majestad o ante quien y con derecho deba para que le consten mis servicios y las pocas mercedes que sus gobernadores me han hecho habiendo servido como he servido. Y, sobre todo, pido cumplimiento de justicia.

Otro os pido que a los testigos que den su testimonio sean examinados por estas preguntas:

I. Primeramente sean preguntados si conocen a mí, el dicho Juan Garrido, y de qué tanto tiempo acá.

II. Y si saben y conocen que puede haber veintiocho años poco más o menos que yo pasé a la isla de la Española de los Reinos de Castilla. Y fui a descubrir con Juan Ponce de León la isla de San Juan y de ahí fuimos a la isla de Guadalupe y a la Dominica y a otras islas y peleamos con los caribes y pacificamos la isla de San Juan. Y después de esto fuimos con el dicho Juan Ponce a descubrir la isla de la Florida, en todo lo cual trabajé muy bien y serví a su Majestad con mi persona y a mi costa.

III. Y si saben y conocen así mismo que, siendo libre y horro, me hallé en la isla de Cuba y trabajé en ella con mi persona y a mi costa hasta que se pacificó con el adelantado Diego Velázquez.

IV. Y si saben y conocen que yo pasé a esta Nueva España en compañía del Marqués del Valle don Hernando Cortés y estuve con él siempre hasta que se conquistó y pacificó toda la tierra. Y me hallé y estuve presente en la conquista de Tlaxcala hasta tanto que se dieron de paz.

V. Y si saben que después de pacificada la provincia de Tlaxcala, el dicho Marqués se vino a esta Ciudad de México, y estando en ella los naturales de la tierra echaron de ella al dicho Marqués y españoles que con él estaban y le mataron mucha gente.

VI. Y si saben que después, el dicho Juan Garrido tornó con el dicho Marqués sobre esta dicha ciudad y estuvo en la conquista y toma de ella hasta tanto que se acabó de conquistar y pacificar, en que pasó muchos trabajos.

VII. Y si saben que, después, el dicho Juan Garrido ha vivido y residido en esta dicha ciudad de Nueva España como vecino de ella.

VIII. Y si saben y conocen que después de todo esto yo fui con el Marqués del Valle a la Mar del Sur a descubrir y estuve con el dicho Marqués en varias partes, en las cuales tuvimos muchos trabajos, hambres y guerras y estuvimos a punto de fallecer por la dicha hambre, lo cual es público y notorio.

IX. Y si saben y conocen que estando en Coyoacán yo fui el primero que sembró trigo y otras cosas por razón de lo cual y por haber hecho esta experiencia vino gran bien a esta tierra porque yo fui el principio para que se sembrase el trigo con el que esta tierra se sustenta y así es público y notorio.

X. Y si saben que nunca me han dado ni gratificado cosa ninguna a mí ni a mi mujer, por lo cual padecimos mucha necesidad.

Archivo General de la Nación, Ciudad de México, tres meses antes

No pinches mames, ya sabía yo que tenía que haberme traído un puto paraguas. O, ya de perdida, una chamarra más aguantadora. Esto me pasa por andar tan apendejado. El cielo se está cayendo y estos mamones nomás no me dejan entrar. Seguramente, por culeros, no van a abrir el portón hasta que pare de llover, y entre el olor a perro mojado y lo ensopado que voy a andar para entonces, no quiero ni ver la cara que van a poner estos pinches guachos. Encima, el amparo se me va a deshacer con tanta agua, a ver si sobrevive la mojadera. Si se desmenuza el papel, se le borran las firmas o resulta ilegible, ya nos chingamos, y a esperar otro mes más. Y eso si es que se les pega la gana de dar validez a la decisión judicial. Porque para como se las gastan estos mugres militares, pueden desconocer el amparo y cerrarnos por enésima vez la puerta en la jeta.

Y la impuntual de mi güerita que no aparece, si al menos hubiera llegado ya y nos estuviéramos abrazando para amilanar el pinche aguacero, igual y quedaba más protegido el papelito, pero yo aquí solapas poco podré hacer por él. Ojalá que a María se le prenda el foco y traiga por lo menos impermeable. ¿Dónde se habrá metido? ¿Por qué no me contesta el teléfono? Muy puntual para unas cosas y la más valemadrista para otras, seguro se quedó horas frente a la computadora y cuando por fin vio el reloj ya era demasiado tarde para avisarme que apenas venía saliendo. Sabe perfecto que me emputo cuando me hace esto. Podría jurar que salió corriendo, dejando todo tirado, probablemente sin darse cuenta de que está lloviendo, sin agarrar el impermeable ni tampoco paraguas y, quizá, hasta sin echarle llave a la puerta. Con la cantidad de veces que le he dicho que me caga que se quede abierto el departamento. Deja tú por lo que nos puedan robar, que tampoco es gran cosa, sino por resguardar el archivo, no mames, toda la pinche investigación que le hemos puesto detrás a esto para que de buenas a primeras se haga perdediza, se nos desaparezca alguna parte, un documento importante, así nomás, sin deberla ni temerla. Ahora sí que qué necesidad, para qué tanto problema, como diría Juan Gabriel.

Ay, Mariquita, si te conozco perfecto, como a la palma de mi mano. Nomás cierro los ojos y es como si te estuviera viendo. Seguro estás checando la hora en el celular, arrepentidísima de no haber salido antes, comiéndote las pocas uñas que te quedan. Haces cálculos inútiles para ver si te conviene más agarrar el metro Etiopía o subirte al metrobús, solo para terminar parando un taxi porque te das cuenta de que pedir un Uber sería perder, todavía, más tiempo y no quieres quedar peor conmigo. Pero, sobre todo, no quieres perder la oportunidad de hincarles el diente a los rastros que quedan de Juan Garrido en el Archivo General y sabes que vienes tardísimo. Ya lidiarás con mi enojo después, pero no es lo que más te importa, a mí no me engañas. Te estoy viendo clarito cómo niegas agitada con la cabeza, dejando que el aire te despeine, intentando deshacerte de tanta maraña mental y tratando de enfocarte. No tengo pruebas, pero tampoco dudas, si ya sé cómo te las gastas. Por eso me traes loco. Ya hasta se me está parando, pinche caliente que me pongo pensando en pendejadas e imaginándote correr bajo la lluvia. Más te vale aparecer prontito, María, porque yo a este pinche hoyo militarizado que llaman Archivo General de la Nación no me meto solo ni aunque me aseguren que todos los registros, bóvedas y estantes están disponibles y listos para consulta. Seré tonto, pero no pendejo. Al menos parece que ya está dejando de llover.

Qué raro que no llegues todavía, quedamos a las cuatro y ya son casi las cinco. Ahora sí creo que ya te colgaste. Y eso me preocupa, María, que la tardanza se deba a razones ajenas a ti y que yo aquí paradote y con mi cara de pendejo no sepa si estás en apuros y, en su caso, no pueda hacer nada para sacarte de ellos. ¿Por qué no contestas el celular? Qué te cuesta cargarlo mientras estás sentada en la computadora. Ya sabes que no puedo evitarlo, Mariquita, en eso somos iguales, preocupones e intensos hasta el tuétano. Quizá un poquito más yo, eso tampoco te lo voy a negar. A veces no entiendo cómo puedes ir así por la vida, sin medir el peligro, obviándolo. Y es que la cosa se está poniendo peliaguda, mi amor. No me des sustos, güerita. Por favor, te lo suplico. Desde que nos metimos de lleno en esto tengo la adrenalina a tope. No he querido confesártelo para no traerte con el pendiente, pero llevo varias semanas durmiendo fatal, dan las tres de la mañana y como relojito abro los ojos. Tú, siempre al lado, a veces con la boca abierta y roncando, casi siempre enroscada a mis piernas. Ahora más que nunca envidio tu capacidad de lirón para dormir. Trato de hacer el menor ruido posible, con cuidado me desenredo de tu cuerpo, te cubro con la sábana y me voy a la sala. Para no prender las luces y arriesgarme a despertarte, me pongo a leer los documentos y los manuscritos que trabajamos durante la jornada con la luz del celular. Para que me vuelva a dar sueño, para intentar dormir un par de horas más. Pero nomás no lo consigo. A veces, hasta más nervioso me pongo con el pinche insomnio.

No te he contado nada porque estoy casi seguro de que te quedarías en vela conmigo convenciéndome de que con uno de tus tés alternativos y un par de aspirinas se solucionaría mi falta de sueño. Pero, la verdad, yo sé que no es así. Esto que traigo dentro no se va tan fácil, es como si tuviera un suspiro atorado entre el pecho y el corazón que, cuando menos prevenido estoy, me estruja hasta las entrañas, una mezcla de mal presentimiento con las agruras mal tratadas de tantos años de mal comer. Y sabes qué, aunque te suene contradictorio, pasarme media noche despierto me tranquiliza, siento que mi nivel de pulsaciones adquiere un ritmo más apegado a la normalidad que el que traigo de día, todo alerta y con la bilis a tope. Me siento más seguro y confiado de que puedo cuidarte mientras duermes a pierna suelta. Aunque el insomnio me está matando, por eso ando un poquito más irascible que de costumbre con la vida, con el mundo, a veces hasta contigo, güerita, perdóname. Pero también me da la tranquilidad que necesito para aterrizar todo, para encauzar los meses que llevamos desenterrando esto, para planear cuáles serán nuestros siguientes pasos, para pensar cómo vamos a traducir toda la información que tenemos en el libro con el que soñamos y para tener la mente, los oídos y los ojos bien atentos. Por lo que pueda pasar. Porque no podemos ni debemos dormirnos en nuestros laureles, Mariquita, aún no.

Ojalá que el pinche metro se haya estropeado, que el metrobús suspendiera el servicio, que el Viaducto se haya inundado, que los peseros pasaran llenos a reventar y que no lograras subirte a ninguno. Ojalá que no encontraras taxi libre que aceptara traerte hasta acá con semejante tromba. Ojalá que se le haya acabado la pila a tu celular y no te hayas dado cuenta de que llegaba la hora de nuestra cita. Ojalá te hayas quedado dormida junto a la computadora, en una de tus eternas siestas. Ojalá que no te haya pasado nada, María, nomás de la angustia de pensarlo se me despierta la gastritis y me empieza a pulsar la cabeza. Ojalá ya estés a la vuelta de la esquina. Ojalá que tu silueta se aparezca pronto por el resquicio de la calle. Ojalá que no tardes más en llegar. Ojalá que así sea, Mariquita, porque estos pinches portones de hierro, aunque cerrados a cal y canto, no dejan de darme ñáñaras.

Desde que los militares tomaron las riendas del Archivo General, todo lo que tenga que ver con su acervo es una moneda al aire y navegarlo, un deporte de alto riesgo. Por lo que cuentan algunos, entrar ahí es meterse en un túnel del que difícilmente se ve una luz al final y eso me tiene inquieto, güerita. Es una de las muchas cosas por las que pelo los ojos todas las madrugadas a las tres de la mañana y no puedo volver a conciliar el sueño. No sé realmente si estamos haciendo lo correcto. No sé quién nos manda a estar tan pinches locos, a ser tan obsesivos, a creernos tanto nuestros roles de antropóloga social y arqueólogo, a comprometernos tanto con un pinche güey que murió hace quinientos años. Es cierto que México no podría explicarse sin Juan Garrido, sin ese negro vendido como esclavo que terminó circunnavegando la Florida al lado de Ponce de León y pacificando Cuba con Diego Velázquez. Sí, es verdad, lo hemos comprobado a través de múltiples fuentes, pero de qué nos sirve saber que un pinche esclavo liberto fue el que salvó a Cortés de morir en la Noche Triste para luego acompañarlo a explorar y descubrir el Pacífico. Eso a nadie le interesa, María, menos en este pinche ambiente tan jodido que respiramos en donde el gobierno quiere vendernos que aquí todos somos indios. Un pinche gobierno desgobernado, de narcos y militares, con su pinche arenga cancina contra los gachupines que de paso entierra a todos los negros que como Garrido llegaron aquí con la Conquista, que se convirtieron en conquistadores. A nadie le importa, pero nosotros duro que dale, necios, que nos importa que les importe. Qué ganamos con todo esto, María, cuando parece que nadie quiere conocer la verdad, ni antes ni ahora. Y, sobre todo, qué podemos perder, que creo que es mucho, empezando por la tranquilidad. ¿Acaso no tienes miedo? Quién fregados nos manda a meternos en estas broncas. A ver si ya por fin te apareces, Mariquita, que ya va siendo hora. Y a ver si así dejo de comerme la cabeza preguntándome cómo acabamos aquí. Porque bien sabemos los dos dónde empezó todo.

¿Te acuerdas de aquella fiesta de tu amiga de la ENAH? Uf, la primera vez que cogimos. Bueno, la noche en que nos conocimos, además de coger, claro está. Aunque nos traíamos ganas desde antes, al menos yo, eso que ni qué. Estuvo delicioso, a poco no, güerita. Yo tenía el cuero enchinado, una pinche energía cabrona se me despertó en el cuerpo entero nomás de tenerte cerquita. A ti parecía que te salían chispas por los ojos, sentir tu mano cuando me la extendiste para saludarnos me transmitió un pinche choque eléctrico por todo el brazo. Estaba predestinado a pasar. ¿No crees? Te acuerdas de cómo empezamos a reírnos como si estuviéramos igual de pachecos que los pendejos que bailaban arrítmicos del otro lado del depa, y eso que estábamos más sobrios que dos alcohólicos de la AA en recuperación. Fue mágico, Mariquita. Probablemente vas a decir que no, porque te gusta llevar la contraria, porque rehúsas reconocerte vulnerable, pero estoy seguro de que no te puedes borrar de la cabeza todo lo que pasó aquella noche, ni yo tampoco, la neta. Cómo crees que podría hacerlo, si cogimos tan rico. Nunca me había venido tantas veces seguidas ni con la misma vieja. Nunca había sentido lo que sentí contigo, bueno, lo que siento cada vez que hacemos el amor. Es un pinche viaje cósmico, María, al infinito y más allá. ¿Te acuerdas de que nos valió madres? Que no nos importó que todo mundo se diera cuenta de que nos encerramos en ese pinche baño cochino y lleno de meados a jadear hasta quedarnos sin aire. Me acuerdo de tu cara al verme el tatuaje en el pecho por primera vez, todavía cierro los ojos y siento la yema de tu dedo recorriendo sus letras. "¿Qué quiere decir horro?", me preguntaste entre ingenua y libidinosa, antes de chuparme el pezón y comerme la piel a lengüetazos, sin esperar siquiera la respuesta. Ya se me está parando otra vez, carajo, y tú ni tus luces. Te la vuelas, güerita.

Ni chance tuve de explicarte nada, tampoco es como que nos importara mucho en el momento. Lo urgente era la calentura, esa necesidad imperiosa de conocernos hasta la médula, de paladear nuestros cuerpos hasta saciarnos, de conocer palmo a palmo la geografía del otro, de olvidarnos de todo. Una pinche luna de miel que se prolongó por meses, que nos dura hasta el día de hoy, Mariquita. Bueno, al menos así la siento yo. No hubo nunca un antes ni tampoco creo que vaya a haber un después. Fue conocernos y no separarnos, formar equipo, hacer muégano. Todavía me cago de la risa cuando pienso en la cara de tu amiga paseándose desesperada enfrente de nosotros, en la biblioteca, en el salón del doctor Zagal, en la tiendita, en donde fuera, con los brazos cruzados, mascando chicle y mentando madres de que no la peláramos cuando había sido ella nuestra alcahueta. La cantidad de veces que tuve que darle para los chescos al poli de la ENAH para que fingiera demencia y nos dejara quedarnos después de clases. Las caras de asombro envidioso de mis compañeros y de los maestros, tu voracidad de conocimiento cada vez que lográbamos colarnos a algún seminario o laboratorio de posgrado. La incredulidad celosa de mi jefa y la prepotente amargura de tu papá. La nociva resignación del resto de tus amigas y la dolosa apatía de mi banda. No me he olvidado de ningún detalle. Nada ha podido destruirnos, mi amor. Ni nadie podrá hacerlo nunca. Nos encontramos porque así estaba escrito, Mariquita, porque no había de otra, porque nos hicimos sentido desde un principio. Ahora no hay forma de que no seamos parte el uno del otro.

—¿Ariza, María Manuela? ¿Romero López, Adrián? —la voz átona del cadete precede la apertura de las puertas principales de ingreso al Archivo General de la Nación, mientras el tráfico remonta sobre la calzada y las nubes grises y acuosas reculan en el cielo.

—Presentes, oficial. Bueno, Romero López, Adrián, para servirle. Mi compañera no debe tardar en llegar. —El Negro sacude con vehemencia el amparo, para librarlo de las gotas de agua, y lo presenta a la vista del cadete.

—Es necesario que estén los dos aquí. —El cadete reingresa al recinto documental, dejando las puertas entreabiertas. El Negro se encoge de hombros.

Híjole, güerita, ahora sí que o apareces ya o todo se va a la chingada y después de tanto pinche esfuerzo, de tantas horas trabajadas, de las rompederas de cabeza que nos hemos metido y los pleitos que nos ha costado llegar hasta aquí, pues no se vale que echemos todo por la borda. Si no somos nosotros no va a ser nadie y no merece la pena que esta historia se quede enterrada, acumulando polvo, silenciada por la indiferencia. ¡Apúrale, María, que ahora sí se nos está acabando el tiempo! Quizá hubiera bastado con titularnos como licenciados, con nuestras correspondientes cédulas profesionales y nuestros diplomas de pergamino con esas fotos ovaladas en blanco y negro, trajeados y con el pelo relamido. Para qué queríamos más títulos, qué pinche terquedad la nuestra, la verdad. Dos barriles sin fondo, dos mentes sin llenadera, dos académicos muy jóvenes y con sed de gloria por sacar a la luz aquello que todos los demás han pasado por alto. Por si fuera poco, dos investigadores más necios que una mula y enculados. Tal vez nos hubiera convenido no ser tan intensos ni avorazados, no ganamos mucho calentándonos la cabeza y dándonos cuerda, nomás salimos de Guatemala para entrar en Guatepeor. Pero supongo que con el doctor Zagal de por medio no hubo de otra. Sus cátedras y mentoría se convirtieron en nuestra droga, su embelesadora y didáctica manera de transmitir conocimiento, de enseñar, de destronar mitos y desterrar prejuicios históricos en una adicción de la que no nos hemos desenganchado. El ineludible vínculo que nos remite una y otra vez, incluso hasta hoy, a esa aula magna donde escuchamos sus hazañas por primera vez: Juan Garrido, el negro conquistador. El héroe del archipiélago de las Once Mil Vírgenes y domador de los indios caribe de la Dominica, el primero en cosechar trigo en América, el paladín de Hernán Cortés, el africano que sembró su semilla en Mesoamérica, el padre de la negritud mexicana, el gran olvidado de nuestros libros de texto, el personaje que ha de rescatarse para contar la historia como realmente sucedió y no como quieren que creamos que fue. El preludio indiscutible de nuestro posterior encuentro en la fiesta de tu amiga, la antesala de nuestro apretón de manos, de las risas que le siguieron y de la cogida que seguimos repitiendo en la cama cada vez que nos amanecemos o que nos vamos a dormir.

No sabes la de veces que me he preguntado qué hubiera pasado si no te hubieras metido de asistente de investigación del doctor Zagal. Si el viejo lobo de mar no te hubiera seducido con sus proyectos, si no te hubiera embarcado en el estudio del negro Garrido, si presentada y defendida tu tesis de licenciatura no hubieras accedido a continuar investigando, apropiándote de un personaje y de una materia que nadie había querido hacer propios, bueno, nadie más que yo, claro está. Todavía me emociona pensarte brincando de arriba abajo del departamento con tu bonche de papeles tachados y reescritos en la mano, dibujando en el pizarrón del comedor los hallazgos y tus conclusiones. Tu orgullo ilustrándome sobre los vínculos entre Juan Garrido y la llegada de Pánfilo de Narváez a Veracruz, la Noche Triste y la iglesia de San Hipólito. Tus pavoneos alardeando el rastro del conquistador negro en las expediciones a California y al Mar del Sur, tus divertidos aires doctos explicando con pelos y señales su paso por América.

Ya te imagino apareciendo en unos minutos más, azorada por el retraso, pero con la sonrisa de oreja a oreja que sabe que cuenta con mi perdón sin condiciones. Eufórica porque las pinches puertas del Archivo General se abren de par en par para nosotros, aunque sea con amparo de por medio y con un par de rifles rozándonos las espaldas, atentos a cada cosa que hagamos. "Lo hago para que no te quedes en la orfandad histórica, mi Negrito", dirás como siempre entre risa y risa, apuntándome al pecho del tatuaje, manoseándome el culo y azuzándome la verga, pero con el mismo nervio que traigo yo en el cuerpo, ante lo desconocido, frente a lo que podamos encontrarnos.

Qué habría pasado si no te hubiera seguido la corriente, si no hubiera comprado como tú, desde el principio, la historia que nos vendió el doctor Zagal. Supongo que no podría haber sido de otra manera. Yo lo llevo en la sangre, Mariquita, no hay manera de negar la cruz de mi parroquia. Veme nomás la piel, ahorita que el cielo empieza a clarear, bajo los rayos del sol al mediodía o en la noche más cerrada, no puede existir tono más prieto que el que llevo. Este negro azabache, este oscuro intenso de mis brazos, de mi pecho, de mis piernas, de mi cara y de mi verga, se extiende imparable por mi pelo y por mis cejas, tupidas, cerradas y quebradas. Es el mismo negro que pinta mis ojos y el que de cierta forma permea mi visión del mundo. Un negro que me envuelve desde la cuna, un color que me da nombre y, al menos desde que tengo uso de razón, el tono que da sentido a mi vida. Me guste o no.

Mi Negrito, mi prietito, mi frijolito, mi pedacito de carbón, mi amor. Desde que era un bebé, mi mamá se desvivió rumiándome al oído todo tipo de apodos y motes de cariño, llenándome de besos y apapachos, pero también subrayando, casi desde que la partera me puso en sus brazos, la peculiar pátina oscura de mi piel, marcando con sus palabras el negro que habría en los años posteriores, e incluso hasta hoy, de mostrarme el camino, de forjarme como persona. No es queja, solo anotación. De hecho, el Sergio y yo, quien al menos heredó lo morenito tirándole a claro de mi papá y su pelo lacio y no los pinches chinos ingobernables que me tocaron a mí, no pudimos ser más afortunados. Una casa humilde, pero en donde nunca nos hizo falta nada, unos padres presentes, jaladores, comprensivos y cariñosos. Aunque el negro siempre estuvo ahí, sin explicaciones ni razonamientos, desde la fraternidad, pero también desde la ignorancia. Persiguiéndome, definiéndome, acompañándome sin despegarse. Un negro que entrado en la escuela comenzó a transmutarse de formas retorcidas y amenazantes. Pinche negro cambujo, prieto cochino, chango mal parido, esclavo. En la calle, en el colegio, en el mercado, en la familia extendida, incluso. Motes y apodos que me enseñaron una parte desconocida de mí, llena de odio, resentimiento y vergüenza que me hizo, naturalmente y como mecanismo de defensa, esconderme, replegarme y huir. Un racismo interiorizado que, aunque no lo quiera, me sigue definiendo.

Con los años y la confusión embriagadora y adictiva de la adolescencia, la constante del negro se volvió insufrible. Fue, en parte, lo que me empujó a irme a Celaya esos meses que me largué de la casa y dejé la prepa, escapando del Sergio, de mis papás, de todo. Estaba harto, perdido, en la búsqueda continua, pero infructífera de un asidero, de una identidad, de referencias. Como tú en su momento, María. O al menos lo que me has contado. Y aunque mis padres fueron lo opuesto a los tuyos, los odiaba, me odiaba, no me hallaba, no me entendía. Necesitaba huir, alejarme, encontrarme, como tú también lo hiciste, güerita, hasta que nos topamos de frente, el uno al otro. Y henos aquí. Yo, adelantándome un tantito en el camino para esperarte y tú, invariablemente, a punto de llegar, pero juntos, siempre.

Nunca te lo he contado a detalle. Es un capítulo del que no me gusta hablar, pero me fui a Celaya sin decirle nada a nadie, porque pensaba que ahí encontraría respuestas, pero solo me surgieron más dudas. Buscaba el hilo que me ayudara a deshilvanar mi confusión, que me llevara al origen de todo, que me quitara de encima la pinche ansiedad que me cargaba. Era el único destino posible, de ahí salieron mis abuelos maternos, de ahí, por las historias que mi madre me contó de pequeño, nació el negro que me machacaba sin tregua. "Saliste a tu bisabuelo, m'hijito, a él también le decían el Negro y era igual de prietito que tú, mira esta foto, ahí lo ves clarito, con su pelo todo crespo y ensortijado y esas narices tan chatas que parece que van a aspirar todo el aire de la habitación", me decía una y otra vez de niño. No me di por vencido a la primera, bueno, ya sabes que nunca lo hago, Mariquita. Cuánto me cuesta aceptar un no como respuesta, creo que a estas alturas de nuestra relación ya te habrás dado cuenta de ello. Indagué aquí y allá, estirando todo cuanto pude los pocos pesos que le había agarrado a mi papá para poderme financiar la escapada. Los casi nulos vínculos sanguíneos que rastreé hasta allá no resultaron en nada. Con mis abuelos, la prole entera se asentó y pereció o sobrevivió en la Ciudad México. Pero no quería volver con las manos vacías ni con la cola entre las patas. Una pista llevó a la otra y en la tercera visita al archivo parroquial di con lo que estaba buscando. O no, quizá encontré lo que no quería hallar. Ifigenio López, africano de Guinea, esclavo liberto por ahorría, esposado con Hilaria García, indígena purépecha, 1790. El chozno del abuelo del bisabuelo. El origen del negro, mi otro yo. Un negro liberto, un horro, como el pinche Juan Garrido. Un México negro que se niega a sí mismo, como hasta ahora lo hago yo. ¿Ahora me entiendes, María? Me empedé a base de caguamas esa noche; con el resto de la lana que me llevé de México me hice el tatuaje que cargo en el pecho, el que tanto te gusta, el que te comes a lengüetadas cuando te me pones guarra. A la mañana siguiente agarré el primer camión de vuelta a la capital. Mi jefa nomás se me fundió en un abrazo, se le salieron un par de lágrimas. Nunca me pidió explicaciones.

Al poco tiempo a mi jefe le detectaron cáncer, yo ya estaba acabando la prepa en el CCH. Sin estar plenamente convencido, pero animado por la estancia en Celaya y las historias que me contaba mi papá del hallazgo arqueológico que hicieron en el metro que le tocó inaugurar como vagonero, me decidí por hacer los exámenes para entrar a Arqueología en la ENAH. Mi pobre padre se chupó como momia en cuestión de meses, empezó una época muy jodida. El resto de la historia te la sabes ya, mi güerita, de hecho, la idea es seguir escribiéndola o, mejor dicho, desenterrándola juntos. Qué sería de nosotros si no fuera por ese negro que todo lo toca, María. Seguro, yo estaría trabajando como auxiliar en alguna excavación en Hidalgo o en el Estado de México, sintiéndome mediocre, intranquilo, aspirando a una plaza fija en el INAH que tardaría toda la vida en llegar. Quizá matándome por obtener una beca para hacer algún posgrado o intentando ingresar al Sistema Nacional de Investigadores. Probablemente, sería infeliz. Tú, tal vez, estarías en el departamento de Antropología de alguna universidad gringa, europea quizá, preparando tu tesis de doctorado y ya hasta pensando en el post; seguirías buscando algo que nunca habrías de encontrar. Te sentirías vacía y sola, estoy seguro. Si no existiera el doctor Zagal, si no nos hubiéramos cruzado, nuestra historia sería distinta, que no mejor. No estaríamos juntos, no estaríamos aquí ni ahora. Cuando el aquí y el ahora son lo único que importa.

—¡Quihubo, mi Negro! A poco pensabas que ya no venía. Perdóname, mi amor, pero la lluvia, el tráfico, un apagón en la casa, la computadora crasheada, mi celular muerto, sin pila, y ni cómo avisarte. ¿Ya te dijeron algo los del Archivo, han salido a preguntar por nosotros? Trajiste el amparo, ¿verdad? Uy, espérame, antes de que se me olvide. ¡Está cañón! Un descubrimiento del que te tengo que contar. No sabes con lo que me topé transcribiendo el manuscrito que nos pasó el doctor Zagal la semana pasada. La yegua, su yegua, Negro, el caballo de Garrido. Fíjate que… —La euforia de María, con los cabellos a medio secar, los labios y la nariz enrojecidos por el frío traído por el agua de lluvia, es puesta en pausa por el sonido de los portones al abrir.

—¿Ariza, María Manuela? ¿Romero López, Adrián? —la voz del soldado se repite con la misma indiferente monotonía que mostró treinta minutos atrás.

—Presentes, oficial —responde al unísono la pareja de investigadores, mostrando el amparo. Con un ligero asentimiento de cabeza, el militar les da el paso.

—Adrián, Adrián, Adrián. Lo logramos, lo logramos —grita emocionada María, arañando el brazo del Negro.

—¡Shhh! —replica él, ocultando la sonrisa, mientras pide a su novia callar. A sus espaldas, las puertas del Archivo General de la Nación se cierran.

Mensajes de voz del Negro a Emilio, sábado 19

¿Qué onda, Emilio? Perdona la hora, pero me urgía enviarte este mensaje. Que asumo serán varios porque ya sabes que esta madre nomás deja grabar notas de voz de menos de un minuto. Bueno, lo que te decía. Tan pronto escuches esto abre tu correo, no el de Gmail, el otro, el que hemos estado usando estos días desde que me echaste un cable para tu reportaje y pediste entrevistarnos a mí y a María. Parece que fue hace un chingo de tiempo y apenas fue a inicios de esta semana, o a finales de la semana pasada. El tiempo vuela y con el pinche estrés que manejo, peor tantito. ¿Tú cómo estás, por cierto? Qué pena no haber tenido ni tiempo de ponernos al día, con el chingamadral de años que teníamos sin vernos, pero no ha habido forma, ya será para después, espero. En fin, ¿en qué estaba? Checa tu mail tan pronto termines de escuchar mis mensajes, y luego bórralo y también estos pinches audios, no vaya a ser la de malas. Ya sabemos que las paredes oyen. Te quería dar las gracias, la neta te la rifaste, me imagino que no son mamadas lo que me dijiste en tu último audio y que tu informante está más que validado. En serio, gracias, hermano. No tenías por qué compartirnos esa pinche lista de nombres que armaron los culeros del Centro Nacional de Inteligencia, hasta podrías tú salir manchado sin deberla ni temerla. Pero nos estás salvando la vida, pinche Emi, no mames, el pinche miedo que me dio enterarme de que nuestros nombres salen ahí, porque estos cabrones no se andan con juegos y pues ya estoy pensando cómo le vamos a hacer. Tenemos que irnos y…

¡Hola, Emilio! Otra vez yo, cabrón. Me disculparás, pero se dejó de grabar esta madre. En fin, darte las gracias por darme el pitazo de la lista y de que ya nos andan buscando. Decirte que en los archivos que adjunté al correo encontrarás las copias escaneadas de los folios originales que María y yo encontramos en el Archivo General de la Nación y que ahora constan en nuestro expediente de Juan Garrido. Creo que lo más seguro es que tú también tengas una copia, por cualquier cosa que pudiera pasar, es la única prueba de que el Negro salvó a Cortés, y de cierta forma selló el destino de la Conquista después de la Noche Triste, y de que estuvo en la misión que encontró a Pánfilo de Narváez, pasando a su vuelta por Zultépec. Los archivos están un poco revueltos porque no tuve cabeza para mandártelos en orden, nomás los adjunté conforme los fui encontrando. En resumen, es una recopilación de las notas manuscritas del mismo Juan Garrido que de acuerdo a nuestras investigaciones datan de 1539 o de 1540. Es decir que las escribió justo antes de morir. Por lo que sabemos, estuvieron en manos de su viuda y en algún momento, después de que esta muriera, una de sus hijas hizo entrega de ellas al escribano de la Ciudad de México, de ahí que sobrevivieran,

110

a pesar de haber pasado tanto tiempo, en el Archivo. En las notas, una especie de diario personalizado, Garrido detalla los días en torno a la Noche Triste, específicamente la huida de Tenochtitlan y la forma en que presuntamente salvó a Cortés de morir ahogado. La misma historia, más menos, que dicen contó Cortés a Gómara y que, en principio, está en el capítulo perdido de su *Historia general de las Indias.* Ahí mismo también está la descripción detallada de lo que pasó en Zultépec, lo cual corrobora lo que…

Mmmta madre, soy yo otra vez, Emi. Perdona, pero ya sabes cómo funciona esta mamada. Te decía, en las notas manuscritas del Negro podrás leer su recuento de Zultépec. Esto, como sabes, es fundamental, porque demuestra que los fémures y el cráneo que descubrimos en las excavaciones con el doctor Zagal y que las pruebas radiológicas adjudican a un par de negros africanos de la primera parte del siglo XVI pertenecen probablemente a algunos de los esclavos o negros libertos que desembarcaron con Pánfilo de Narváez y que terminaron escabechados en el tzompantli de Zultépec. Esto desmonta la pinche historia oficial de que a México no llegaron negros, les tira el teatrito a los historiadores del régimen que quieren borrar la negritud, compadre. Los huesos los tenemos a buen resguardo, ya te lo había contado, pero ahorita también te voy a enviar un par de fotos al mismo correo, para que quede constancia. Nomás descárgalas y bórralo, como los otros, no se te olvide. Creo que con toda esta información y las pláticas que hemos tenido con María en los otros audios puedes contextualizar muy bien tu reportaje y, sobre todo, hacerle justicia a Juan Garrido. Ya te lo había dicho, pero no está de más repetirlo: no es necesario que nos des crédito alguno. De hecho, mejor que no lo hagas, como lo hablamos, casi invéntate un seudónimo para nosotros. A estas alturas del partido no sé cuándo lograremos publicar el pinche libro, así que más vale que todo esto vea la luz de una buena vez, aunque sea a través de tu reportaje. Porque estás seguro de que ya te dieron luz verde en la revista, ¿cierto? Tu editora ya te dio el visto bueno. No te vayan a dar largas, Emi, es urgente que puedas publicarlo en la próxima edición porque si no…

¡Qué pinches frustrantes son estos putos audios! Ahora sí, ya el último. Nomás darte de nuevo las gracias por alertarme de la lista, no sé qué chingados vamos a hacer. Creo que tienes toda la información necesaria, al menos de nuestra parte, igual con tus furtivas visitas al Archivo lo completas, aunque ya te habrás dado cuenta de que no queda mucho por ahí. Por favor no intentes llamarme ni escribirme en los próximos días, mejor yo te echo un grito en cuanto pueda. Igual voy a cambiar de número. María también y si hablas con el doctor Zagal tampoco le cuentes mucho, si acaso dile que ya lo contactaremos en algún momento. Gracias, Emi, en serio. Y por favor no se te olvide borrar estos audios tan pronto los escuches ni los correos tan pronto los leas, casi que borra todo el historial de nuestras conversaciones, te lo ruego, hermano. ¡Ahí te ves!

Transcripción de las notas manuscritas de Juan Garrido, datadas entre 1539 y 1540

La escena es dantesca, de una devastación absoluta. Frente a mis ojos aguados se observan terror y espanto, se refleja exterminio. En mi mente absorta se repiten, incesantes, los versículos del Apocalipsis descrito por san Juan. La poética imagen de la capital imperial en una isla en medio de un lago rodeada de volcanes de picos nevados rota en mil pedazos. Mi ciudad encendida y supurando. Inmolada, desmoronándose.

El aire está cargado de lamentos, gritos de ira y cólera. Del enervante sonido de la venganza emitido por tambores de piel de serpiente. Es un aire tóxico, irrespirable, que lleva consigo la destrucción a todos los rincones del valle. El cielo llora una ligerísima capa de lluvia en un intento fútil por calmar el ardor de la tierra y yo lloro con él, sentado bajo el frondoso ahuehuete. Haciéndome sombra está Hernán, con abolladuras en el semblante y la coraza, con la espada a ras de suelo. El español guarda silencio. Se encomienda a la Virgen de los Remedios y apoya su mano en mi hombro. Gracias, me dice con la mirada. Gracias, reitera a manera de susurro.

Pero ¿de qué vale un agradecimiento que por nada se da? En realidad, Cortés sabe que yo no lo salvé de morir ahogado en las aguas del lago durante nuestra desorganizada y revoltosa huida del

*palacio de Axayácatl. Yo lo sé también. Sé que es él, Cortés, el ver-
dadero y único protagonista. De esta y de todas las demás historias.
Pero no lloro por eso, no lloro por las palabras dichas o calladas por
Cortés ni por el infranqueable sentimiento compartido de derrota.
Lloro por ella, por mi yegua, porque nunca más volveré a acariciar
su crin. Porque con ella he perdido la montura y, de cierta forma, el
rumbo también.*

★★★★

*Mientras Hernando y yo andábamos el camino de la costa del Golfo,
escoltados por buena parte de castellanos y nuestros aliados tlaxcal-
tecas, para afrontar a Pánfilo de Narváez, Pedro de Alvarado hizo
erupción. Con su irascibilidad e impaciencia, su poco juicio y temor,
su belicosidad y falta de diplomacia, su volubilidad e intransigencia,
el encargado de la plaza puso en grave riesgo los planes de conquista
que había elucubrado con Hernando.*

*Cuando la ciudad de los jardines flotantes y las carreteras de agua,
los mercados de infinitos colores y los templos escalonados, se prepara-
ba para celebrar la fiesta por el inicio del quinto mes de su calendario
—Tóxcatl—, Alvarado urdió en su precaria mente conspiraciones y
traiciones inexistentes. El llamado de Moctezuma II, desde su prisión
domiciliaria, a su joven y guapo primo Cuauhtémoc, rey de Tlatelolco,
líder militar y uno de los probables sucesores al trono, puso al rubio
soldado de los nervios. Aun y cuando tal llamado lo diera el decaído
gobernante enturbiado por el consumo excesivo de hongos sagrados,
ante una sorda audiencia que ya poco o nada quería saber de él. En
la Tenochtitlan a cuyo emperador tenía secuestrado y en la que su presencia contabilizaba ya meses, Alvarado solo veía moros con tranchete,*

114

caballeros águila y jaguar con cuchillo de obsidiana y macanas. En el momento en que las calles del corazón tenochca rebosaban de gente ataviada en galas de fiesta, bailando y orando, Pedro de Alvarado ordenó atacar a los celebrantes, a diestra y siniestra, sin ningún miramiento, aunque todos ellos fueran desarmados. "Matad a estos blasfemos desgraciados antes de que nos maten a nosotros primero", eructó su sobrecalentada garganta esa noche de subrepción.

En poco tiempo, el hedor a sangre y carne quemada se sumó al olor de pólvora y copal, esparciéndose por todos los rincones de la ciudad. Cuerpos cercenados por doquier, lamentos, gruñidos, llantos, reclamos, chillidos y gritos. La matanza comandada por Alvarado despertó a los habitantes de Tenochtitlan de su letargo. Alfareros, albañiles, marchantes, carpinteros, pescadores, cocineros y agricultores se convirtieron en temerarios guerreros, amparados por las efigies de Tezcatlipoca y Huitzilopochtli. La ciudad entera clamó venganza, por lo que había pasado, por lo que estaba pasando y por lo que habría de pasar. Alvarado instruyó la retirada cuando ya varios de los nuestros mezclaban su sangre, sobre las calles de piedra, con la de los mexicas. Empezó entonces el sitio del palacio de Axayácatl, en donde horas después, regresando apresurado de la costa, encontró Hernando a su paisano atrincherado con los castellanos que sobrevivieron, muertos de miedo, sin agua y con magras reservas de comida. Aquella escena es la que me recibió cuando puse pie de nueva cuenta en Tenochtitlan, al volver de Zultépec, donde me salvé del ataque certero de los acolhuas que acabó con la vida de tantos otros, negros como yo, pero españoles también, cuyos cráneos a veces escucho hablar en sueños.

"Has abierto los ojos, Juan Garrido, castellano color de noche", Malinalli, esclava, intérprete y amante de Hernando, me dijo a manera *de saludo. De cuclillas, la indígena mascaba unas raíces. "Ayer vi una tórtola morir, así mueren las palomas, así se dejan ir", me murmuró. Con la mano, la joven de piel cobriza dibujó en el aire la figura del ave, clavando su mirar en el mío. "Y, sabes, siempre se van de dos en dos", pronunció a manera de advertencia. La mujer compartía conmigo el orgullo y la imbatibilidad de quienes han perdido la libertad, pero nunca doblegan el espíritu. Hablábamos la misma lengua, aunque nos entendíamos sin decir palabra.*

★★★★

—Moctezuma está muriendo —reconoció Hernando con un nudo en la garganta, un nudo que se extendió hercúleo a lo largo y ancho de la ciudad lacustre, apretando al palacio de Axayácatl, empequeñeciéndolo y estrangulándolo.

—No, Hernando. Moctezuma no está muriendo, lo estamos matando —apunté.

Poco quedaba de la más suntuosa habitación del palacio, la que le asignaran a Hernando a nuestra llegada a Tenochtitlan. La refinada estancia se había convertido en un calabozo maloliente que en las paredes acumulaba angustias y suciedad. Entre sus muros apenas cabíamos nosotros dos. Las ideas y las opciones escaseaban tanto o más que la comida y el agua. Hacía días del asedio y sitio al palacio. Días sin alimento, bebida, forraje para las bestias o tranquilidad para el espíritu. Días que parecían llegar a su fin junto con la vida del tlatoani Moctezuma, cuyo expirar agotaba nuestro tiempo y precipitaba el resto de la historia.

"Es hoy, Hernando, no pudimos huir antes ni lograremos escapar después", le advertí de forma salomónica. El fallecimiento de

Moctezuma Xocoyotzin acució el arriesgado plan de retirada pensado por un degradado Hernando con mi guía. El resto de la tropa no tuvo capacidad para nada más que asentir con las cabezas desgañitadas y llenas de piojos. La expiración del hijo de Axayácatl, nieto de Nezahualcóyotl y velador de Quetzalcóatl abrió la temporada de lluvias en México-Tenochtitlan y cumplió todas las profecías. Ahuyentándonos, aunque solo de forma temporal.

El plan de escapatoria implicó esperar, en sigiloso silencio, a que cayera la noche, por más que el miedo y el hambre hablaran a través de nuestros cuerpos acorralados en las entrañas del palacio. Hacinados, aguantando la respiración, intercalados entre el cuerpo sin vida del tlatoani y los restos en descomposición de docenas de nobles y sirvientes mexicas, Hernando y yo comíamos ansias esperando lo inevitable.

Más allá de las once, pasado meridiano, con el sereno estacionado sobre el lago, el valle y las chinampas, salimos a hurtadillas del palacio de Axayácatl. Disfrazados de noche, escondidos bajo su lóbrego manto, nos escabullimos y avanzamos cautelosos, aunque con el corazón temblando. Anduvimos en formación de línea, de ataque y retirada, apostando por evitar la confrontación y facilitar la huida. Ahí estábamos conquistadores y frailes, negros y castellanos, aliados indígenas, sirvientes y caballos, camino de la calzada de Tacuba, la única cuyos puentes seguían conectando Tenochtitlan con tierra firme. La noche se empezó a quebrar casi desde el inicio. Las pesadas armaduras de algunos dificultaron nuestro movimiento soterrado y violaron el silencio con el que pretendimos encubrir la fuga. La avaricia insaciable y la mezquindad de espíritu de los que llenaron cuanto hueco había en sus cuerpos y ropas con trozos de oro y piedras preciosas del tesoro del inerte Moctezuma hicieron pesados nuestros pasos, ralentizándonos, *vulnerando nuestra estrategia de escape. El avistamiento de tales torpezas y el aroma de nuestro miedo alertaron a los mexicas que de inmediato se lanzaron a la ofensiva. Una carrera para escapar de la muerte y la desgracia se desató entre todos nosotros. El tambor invocó a los embravecidos guerreros águila y jaguar y en cuestión de minutos la laguna hirvió de canoas que incesantes escupían lanzas y flechas, mientras otros miles de nativos atacaban la retaguardia posicionados sobre cientos de azoteas ardientes por toda la ciudad. Los cuerpos comenzaron a caer como moscas, haciendo inútil, entonces o ahora, cualquier recuento.*

Yo sobre el lomo de mi yegua, Hernando, Alvarado, Malinalli y el resto, cada uno viendo por sí, en un intento desenfrenado por alcanzar la otra orilla, salir del embrollo y sobrevivir. Avistando el final de la calzada, las bridas del caballo, herido de muerte, que montaba Hernando, se enredaron entre su antebrazo, la montura que le sostenía y las espuelas. Una de las riendas se desprendió y atrapó las patas de mi yegua. Hernando trastabilló, perdiendo el control del equino que desfallecía y que se encontraba a punto de caer a las insondables aguas alrededor del puente hecho de chinampas, amenazando con llevarse consigo a mi yegua y a mí al fondo del lago, ahogándonos.

Previniendo el desenlace, salté desde el lomo de mi amada yegua, como solo un guerrero africano podría hacerlo, para zafarla del enredo, para librarla de la desgracia y librarme yo de la pena de perderla. Un salto que salvó momentáneamente a mi yegua de fenecer anegada, pero que no evitó el alcance simultáneo de un arcabuz y un macuahuitl que desgarraron letalmente su pelaje aterciopelado de dulce color canela. Un salto que libró a Hernando de la muerte y marcó, sin quererlo, el resto de los días de la capital imperial mexica. Un salto que los cronistas erróneamente atribuyen ahora a Alvarado, invisibilizándome, como quizá pasará con tantos otros acontecimientos de mi vida, borrados por completo de la historia.

★★★★

A salvo, cobijado por el ahuehuete de Tacuba, Hernando guarda silencio sin lograr levantarse de la piedra que le sirve de asiento y consuelo, mientras que yo, a pocos pasos, sigo llorando por dentro. La infernal imagen de una Tenochtitlan enardecida, a la otra orilla del lago, como marco.

Siembro una planta de cempasúchil junto a los cuerpos inmóviles de los caídos, las lágrimas y la tristeza se han comido el tiempo que hubiera requerido darles sepultura. Hemos de continuar el repliegue, no es seguro quedarnos en donde estamos. Conforme enfilamos con nuestro abatimiento y pesadumbre hacia Otumba, en el extremo opuesto del lago y del valle, volteo la mirada. Tenochtitlan está vestida de negro. Las semillas sembradas para hacer compañía a los muertos han germinado y dado fruto, tupidas flores en vivos tonos anaranjados iluminan el cielo sin luna y dan vida al mar de muerte.

Colonia Narvarte, Ciudad de México, miércoles 30

"Buenos días, estimados televidentes, en unos momentos más conectaremos con la señal en directo y en cadena nacional del esperado discurso del señor presidente de la República en un aniversario más de la Noche Victoriosa. Al término de la transmisión de las palabras del primer mandatario, Hilario Gómez, Gildardo Lozano y Remedios Turrent encabezarán en el estudio la mesa de comentaristas en la que se discutirán, desde todas las posiciones del espectro ideológico, el contenido y las implicaciones de lo declarado por el jefe del Ejecutivo. No se pierdan esta edición especial, sin pausas comerciales, de nuestro programa *La revolución de las conciencias,* en la única televisora privada de interés público en México. Mientras tanto, vamos con nuestra reportera Maru Rosas, quien se encuentra en las inmediaciones del templete instalado para la ocasión donde comienza a sentirse el ambiente de fiesta entre los…".

—¡Bájale tantito, bebé, plis! Ni que estuviera jugando el América, papito —Kenya utiliza el más dulce de los tonos de su registro de voz. Está sentada sobre la taza del baño y puja con todas sus fuerzas. Resopla con muecas incómodas mientras se limpia los rastros de sangre del ano y la cavidad rectal.

—¡Pérate, que todavía no has escuchado nada, mi reina! —Julián, el amigovio en turno de la mujer trans, un treintañero con ínfulas de mirrey, se abre otra cerveza antes de aspirar un par de rayas de coca que recién acomoda sobre la mesa de centro—. Ahora sí vas a saber lo que es bueno, Kenyta —murmura aspirando enjundioso por la nariz, al tiempo que extiende las piernas a lo largo del sofá rosado de terciopelo y chifón y sube al tope el volumen del televisor con el control remoto.

"Señoras y señores, con ustedes, el presidente constitucional de los Estados Unidos Mexicanos y comandante supremo de las Fuerzas Armadas:

'Amigas y amigos,

Compañeras y compañeros,

Hermanas y hermanos:

¡Bienvenidos todos!

Hace poco más de quinientos años, para los pueblos conquistados, inició una era de violencia, sobreexplotación, esclavitud, desánimo y tristeza. Este desastre, cataclismo, catástrofe o como se le quiera llamar, permite sostener que la Conquista fue un rotundo fracaso y que junto con la evangelización y la colonización es un signo de atraso, no de civilización, menos de justicia'".

Este hijo de su madre es más necio que una mula. Nomás porque me tiene aquí de su pendeja, babeando y bien enculada, que si no, ya lo hubiera mandado por un tubo. De cuándo acá le interesa tanto a este güey lo que tenga que decir o lo que deje de decir el preciso y además poniendo la tele a todo volumen, me va a reventar los tímpanos. Lo bueno es que es miércoles y medio edificio está fuera, si no ya estarían fregando con que le bajemos a nuestro desmadrito, y la neta no es para menos. No sé cómo puedo seguirle el ritmo a este cabrón, ya no estoy para estos trotes. Llevamos dos días enteros cogiendo, chupando y metiéndonos madre y media. Desde el domingo que no pongo pie en la calle. Menos mal que tengo aquí todo lo necesario para darme una pimpeada y no parecer una pinche bruja lampareada. Tras las cogidotas que me está dando, parece que me acabara de atropellar un tráiler. Mira cómo tengo el orto, más floreado que la boca de un boxeador, palpitando y bien abierto. Lubricado y todavía con hambre. Nomás de imaginármelo me dan ganas de montármele otra vez. Es que ¡no mames!, la verga de este güey me tiene encandilada. No es la más grande ni la más rinconera que me haya comido, la verdad sea dicha. Pero es bien aguantadora y empalaga. Ya sé, ya sé, las cabronas del Rosal ya me lo advirtieron con su cantaleta de "date cuenta, amiga", pero la verdad me vale madres. Qué tiene de malo que me haya enculado tan rápido, que Julián sea un machito de clóset. Acaso no es cierto que la mitad de los culeros que se agarran esas pendejas están casados y criando chamacos, además de ser unos cuarentones con panza, pitos chicos, calvos y poco aguantadores. Me viene un tonto de risa de acordarme de cuando Leila me contó angustiada que su marido no lograba pasar la barrera de los cinco minutos sin venirse y quedarse jetón. Ni p'al arranque. Pobre pendeja. Lo que pasa es que son unas pinches envidiosas, bola de viejas malcogidas. A ver, quién no querría un cabrón en la flor de la edad, de buena verga, con cuerpo de gym, que la tenga a una bien servida y que, además, aunque solo sea en la cama, le diga a una cosas bonitas. La pinche vida es muy culera. Yo, la verdad, no quiero quedarme sola, a vestir santos. Se me hace un hoyo en el estómago nomás de imaginarme en unos años más con todas las carnes colgadas y llena de achaques pepenando amor entre chacales que nomás estén viendo cuánta lana me sacan. Sola y mi alma, llena de puras tristezas, corroída por la ansiedad. Amargada.

Qué tiene de malo que Julián me pida exclusividad. Total, a estas alturas del partido ya estoy hasta la madre de andar lidiando con vergas hediondas. Por qué habría de ser una *red flag* que el güey no haya salido del clóset, a quién la importa. Que si le gusta ahorcarme y darme de nalgadas mientras me clava su vergota bien sabrosa es nuestro pinche problema. Las cachetadotas que me acomoda me ponen bien cachonda y la verdad hasta me gustan. Esas pinches viejas nomás me tienen envidia. Además, necesito desfogarme, me urge olvidarme un poco de todo. Desde lo de la semana pasada estoy que no me calienta ni el sol. Así que me vale vergas lo que opinen. Ande yo caliente, ríase la gente, como decía mi abuela, que en paz descanse.

—Con una chingada, Julián, ¿estás sordo? Que le bajes, cabrón. Ya apaga esa mugre televisión. —Kenya se levanta del escusado, acomodándose los calzones. Tira de la cadena y se coloca frente al espejo del baño para retocarse las pestañas y maquillarse las estrías de los pechos.

A la que voy a apagar a vergazos es a ti, pinche Kenya, Julián dice para sus adentros, dándole un trago a la cerveza y riéndose. La mirada, vacía, fija en el reloj de pared y sus manecillas inertes.

"La gran lección de la mal llamada Conquista es que nada justifica imponer por la fuerza a otras naciones o culturas un modelo político, económico, social o religioso con la excusa de la civilización. Ha llegado el momento de poner fin a esos anacronismos que se emprenden en nombre de la fe, de la paz, de la civilización, de la democracia, de la libertad o, más grotesco aún, de los derechos humanos, nuevas conquistas bajo nombres engañosos y manipuladores. Ha llegado el momento de liberarnos de una vez y por todas de una historia que no es la nuestra, sino la impuesta por una ambiciosa élite que a lo largo de más de quinientos años ha tenido como único objetivo aniquilar al Pueblo.

Hoy, aquí, pedimos perdón a las víctimas de la catástrofe originada por la ocupación española de Mesoamérica y del resto del territorio de la actual República mexicana. Hoy, aquí, iniciamos un nuevo capítulo en la historia del país.

Hoy, aquí, terminamos más de quinientos años de infamias, derrocamos de nueva cuenta, como en aquella Noche de la Victoria de 1520, a Hernán Cortés. No es ya la historia que ellos quisieron, dolosamente, escribir, es la historia que el Pueblo cuenta, su memoria, viva, la historia que siempre debió ser. Y desde este nuevo corazón palpitante de México que me escuchen alto y fuerte aquellos que desde la vileza inventan que esta milenaria y orgullosa nación se vio contaminada por la venenosa semilla y la sangre impura de españoles y negros africanos, aquellos que incluso afirman que estas dos, mezcladas con la mesoamericana, dieron origen a México. A esos traidores digo, este Pueblo es, ha sido y siempre será orgullosamente indígena, ni español ni negro ni mestizo. Ahí radica su nobleza de espíritu, ahí la prueba de su valía. Ahí su pureza y honestidad.

Y a todos ustedes aquí reunidos pregunto: ¿quién es nuestro mejor aliado?

El Pueblo.

¿Por quién estamos aquí?

Por el Pueblo.

¿A quién hay que servir primero? Al Pueblo.

¿Qué somos? Pueblo.

¡No se oye! Pueblo, Pueblo, Pueblo.

Gracias, Pueblo. Que viva la patria. Que viva México".

—¡Me lleva la chingada, pinche Julián, ahora sí te la bañaste! Qué necedad de estar escuchando esas mamarrachadas a todo volumen, qué no ves que… —Kenya pega con la puerta la espalda de Julián al salir del baño—. ¿Qué carajos traes ahí? ¡Julián…! —El hombre de 1.92 metros le propina un puñetazo en la quijada que la tira al suelo. Al caer, se desgarra parte de la piel de la mejilla con el filo de metal del lavamanos.

—¿No te querías duchar, Kenyta? Pues aquí tienes tu baño calientito, pinche puta… —Julián se abre la bragueta y orina a chisguetazos sobre el rostro de la mujer. Le vacía una botella de bacanora encima, no sin antes darle un trago a bocajarro.

"Así es como termina el discurso del señor presidente de la

República en este aniversario de la Noche Victoriosa. Antes de proceder con nuestra mesa de debate nos conectamos en directo con Maru Rosas hasta el lugar donde el Primer Mandatario encabeza las celebraciones de esta importante fecha histórica para nuestro país. Maru, adelante, ¿cómo se vive el ambiente tras las palabras del jefe del Ejecutivo? 'Buenas tardes, José Alfredo, como pueden observar en el templete a mis espaldas en estos momentos los organizadores del evento solicitan a los asistentes ponerse de pie para acompañar, con la solemnidad que demanda el acto, la partida del presidente. A pesar del sol abrasante, el variopinto grupo de espectadores aplaude de pie y de forma efusiva, desde hace más de quince minutos. Durante la ceremonia han acompañado al presidente cerca de quince mil personas, según recuentos oficiales. En la zona de invitados especiales pudimos observar la presencia de su esposa y sus cuatro hijos con sus respectivos cónyuges, sus dos nietos, tres de sus cinco hermanos y algunos familiares venidos de distintas partes de la geografía nacional, entre ellos su entrañable tía Chonita, conocida de todos ustedes por ser la abuelita de México. Estuvieron presentes todos los secretarios de Estado, veintinueve gobernadores, varias docenas de presidentes municipales, senadores y diputados federales. Se contó con la presencia del cuerpo diplomático acreditado en México y de algunos de los candidatos oficiales a puestos de elección popular contendiendo en la inminente justa electoral. Los representantes del partido, encabezados por su presidente nacional, y los cuadros más destacados del Ejército, la Marina y la Guardia Nacional. Los más importantes líderes obreros, campesinos, ejidales, indígenas, sindicales y empresariales, así como algunos artistas y actores de primer nivel. Eso, solo por mencionar algunos convidados importantes, José Alfredo. Hasta aquí mi reporte, regresamos contigo al estudio y a nuestra mesa de debate'".

—Ahora sí vas a saber lo que es bueno, pinche vieja culera. Qué te creías, que me ibas a ver la cara de pendejo, como si nada. ¿A mí? Te equivocaste, pinche puta, te fuiste a meter con quien no debías, pinche Kenya pendeja. ¿Te crees muy buena, muy chingona en la cama? No vales ni tres pinches pesos, hija de tu rechingada madre. No tienes llenadera. Y encima queriendo verme la cara de pendejo. A mí, a mí, pinche meretriz. Vas y chingas a tu puta madre. —La mujer yace maniatada en el umbral del baño, un paliacate mojado en licor le tapa la boca. Le brota sangre de la raíz del cuero cabelludo y del cachete. Jadea, patalea contra el piso. Julián la arrastra de los pelos hacia el salón, la inmoviliza entre la televisión encendida y el sillón de terciopelo y chifón rosado—. Te vas a la verga por puta, pinche Kenya. —Prende un puñado de cerillos y los avienta a la alfombra empapada de alcohol sobre la que le dejó semiinconsciente. Se mete otra raya de coca y le da el último trago a la botella de bacanora.

Las llamas no tardan en esparcirse por el departamento, en consumir medio edificio. El reloj de pared, la televisión, el sillón de terciopelo y chifón rosa. La colección de pelucas de Kenya, sus vestidos de gala, sus docenas de pares de tacones, su par de pechos de látex. Su clóset entero. Las cajas del archivo Garrido que prometió a María guardar con su vida.

Intercambio de correos electrónicos entre Emilio y su editora, martes 22

De: Sandra B. <sandyb@gmail.com>

Para: emiliogangas@gmail.com

Hora: 9:27 p.m.

Asunto: Una versión editada de tu texto

Hola, Emilio:

¿Cómo estás? Espero que muy bien. Muchas gracias por tu propuesta "Juan Garrido, el conquistador: la historia de la negritud en México". Es un texto sumamente informativo e inesperado, para serte sincera. Un híbrido interesante entre el ensayo, la crónica, la entrevista y el artículo académico. Sin duda, el perfil perfecto para encajar en las páginas de la revista, gracias por pensar en nosotros.

Sin embargo, hay dos comentarios y algunas precisiones que quisiera hacerte al respecto:

1. Me parece que entre las oraciones hay unas que pueden resultar demasiado largas, te propongo algunas adecuaciones para allanar la lectura del texto, así como unas sugerencias sintácticas. En adjunto, puedes revisar la versión editada del ensayo, con la correspondiente corrección de estilo; si no estás de acuerdo con algo, no dudes en anotarlo en la misma versión

que te envío. Ya sabes que en el equipo editorial siempre estamos dispuestos a escuchar la opinión de los autores.

2. A mí me gustaría verificar las declaraciones de varios de los expertos a los que citas. Como te podrás imaginar, sus afirmaciones son de gran calado, abordan un tema bastante controversial, sobre todo en los tiempos que corren. Quisiera constatar lo que te dijeron estas personas y las citas y los datos que sus testimonios introducen en el texto. ¿Tienes las fuentes documentales de estos datos y las grabaciones de tus entrevistas? Puedo escuchar estas últimas tal cual, no hace falta que las transcribas ni nada.

Muchas gracias por todo,

S.

De:	emiliogangas@gmail.com
Para:	Sandra B. <sandyb@gmail.com>
Hora:	2:22 a.m.
Asunto:	Re: Una versión editada de tu texto

¡Hola, Sandra!

Muchas gracias por el enorme trabajo de edición, corrección de estilo y *fact check* para mi propuesta sobre la negritud en México a partir de la historia del conquistador Juan Garrido. Te reenvío en adjunto el texto editado con respuestas a todas las inquietudes que me planteas y algunos comentarios acerca de las precisiones sintácticas que me comentas. En términos generales, estoy de acuerdo con tus propuestas para que las oraciones que se leen muy largas puedan tener mayor fluidez.

Los testimonios los recabé todos en persona y a mano, no los grabé, porque todas las personas a las que entrevisté —fueran académicos, historiadores, funcionarios y extrabajadores del Instituto Nacional de Antropología e Historia y del Archivo General de la Nación o pobladores de las inmediaciones de la zona arqueológica de Zultépec— me pidieron expresamente que no lo hiciera. Por diversas razones, se mostraron desconfiados, temerosos incluso, de que prendiera la grabadora o de que utilizara la app del celular que usualmente uso para este tipo de ejercicios. Para que puedas corroborar lo que me dijeron, te envío escaneadas las páginas alusivas de mi libreta de notas, aunque también la pongo a tu disposición en físico por si la prefieres consultar así, en vivo y en directo.

Mi visita a Zultépec, entre los días 13 y 15 de este mes, en particular al recinto arqueológico y a su tzompantli, así como las numerosas consultas que realicé en el Archivo General de la Nación a lo largo de los últimos dos meses, son parte esencial del proceso de verificación de la información vertida en los testimonios a los que aludes y que constituye, en gran medida, el eje toral de mi texto. Tanto en Zultépec como en el Archivo pude contrastar, contextualizar y, en su caso, desestimar o reafirmar, lo que manifestaron todas y cada una de las personas a las que entrevisté y cuyos testimonios opté por incluir en la versión final de la propuesta que te remití.

Estarás al corriente de que Zultépec, como la mayor parte de las zonas arqueológicas del país, está cerrada al público desde hace años, por ello accedí a la misma como parte de la misión organizada por el Fondo Mundial de Monumentos (WMF, por sus siglas en inglés), la unesco y los gobiernos de Rusia y Francia. Misión que fue coordinada por el wmf después de arduas negociaciones con el Instituto Nacional de Antropología e Historia. El doctor Zagal, quien jugó hasta antes de su exilio un papel preponderante en la conformación de la misión, puede dar fe de las conversaciones que sostuvimos, incluidas las que forman parte del texto que propongo a la revista para su publicación. Comparto contigo por WhatsApp sus datos de contacto en Texas, en caso de que quieras corroborarlo con él.

En lo que respecta a las copiosas visitas al Archivo General de la Nación, he de confesarte que lo hice *infraganti*, es decir, consulté cientos de sus documentos bajo el amparo de una supuesta investigación académica para la Universidad Nacional. Desafortunadamente, el cerco censor que los militares impusieron a su acervo y que impide todo tipo de acceso a la prensa o a los medios informativos me orilló a buscar alternativas, a ponerme creativo, en el sentido más coloquial del término. Si necesitas entrar en contacto con cualquiera de los entrevistados cuyas declaraciones incluyo en el reportaje, incluso con aquellos para los que utilizo seudónimo ante temores fidedignos de su parte de posibles represalias laborales, te envío en adjunto el archivo de Excel respectivo, con sus correos y teléfonos.

Por último, en lo tocante a María y a Adrián, para quienes como te especifiqué desde el inicio también uso seudónimos que, confío, tu rigor periodístico te prevendrá de revelar, me es imposible compartir contigo la forma de dar con ellos o ponerte siquiera en contacto con uno o con otra. Son dos fuentes que, por razones que me imagino entiendes de sobra, tengo que proteger a toda costa.

Quedo atento a cualquier otra duda o comentario de tu parte. Gracias de nueva cuenta por tu agudo trabajo editorial y perdón por extenderme tanto, pero creo que tus inquietudes y las mías lo ameritaban.

Un abrazo y quedo atento,

Emilio

PD. Aprovechando el viaje, ¿cuándo crees que pueda cobrar la factura que me deben por el reportaje anterior?

De: Sandra B. <sandyb@gmail.com>

Para: emiliogangas@gmail.com

Hora: 8:29 a.m.

Asunto: Re: Re: Una versión editada de tu texto

¡Hola, Emilio!

Al contrario, gracias por tu apertura para la edición y todo lo demás.

Me apena, porque casi nunca recurro a una tercera persona para verificar, pero sí le escribimos al doctor Zagal. Quizá sería mejor grabar los testimonios, cuando así sea posible, para las siguientes colaboraciones con la revista.

Lo que más nos causó extrañeza es que María, la antropóloga, relatara su episodio en el Archivo General de la Nación con tanta soltura, hasta cinismo, si me lo permites. O bien, no entendemos qué pasó, ¿le dijeron: "Adelante, señorita, puede consultar los archivos requeridos, el amparo lo sustenta", y ella simplemente se metió algunas de las fojas y los documentos debajo del brazo y se fue, así sin más? ¿Y el cabo que les asignaron durante la consulta y los archivistas y bibliotecarios no se dieron cuenta nunca? Es posible, solo no entendemos la parte del relato en la que pudo salir así, sin más, del Archivo. Igual tenemos dudas sobre el paso de Juan Garrido por el asentamiento de Zultépec en 1520, ¿cómo podemos saber que fue por órdenes expresas de Cortés que Garrido lo acompañó a combatir a Pánfilo de Narváez en Cempoala? ¿Cómo contrastar las pruebas radiológicas y de carbono 14 de los cráneos y del fémur del tzompantli de Zultépec con la lista de esclavos y negros libres que desembarcaron con Narváez? Quizá así fue, solo que no lo sabemos con exactitud.

En algunas fuentes documentales encontramos que no queda claro cuándo es que Garrido llegó a México, si fue con Cortés o, incluso, con el mismo Pánfilo de Narváez, enviado de Diego Velázquez desde Cuba, pero tu texto se decanta por la primera teoría sin mencionar la segunda.

Básicamente, eso es todo.

Muchas gracias por toda tu ayuda y sorry por dar tanta lata, pero ya sabes que es mi chamba y lo que trato es de hacerla, al menos, tan bien como tú haces la tuya   .

S.

PD. Te debo la respuesta sobre cuándo podrás cobrar tu factura pendiente, perdón, pero ya sabes cómo es esto.

El sueño del Negro, noche del sábado 19 al domingo 20

Amama está despierta. La vigilia ha· sido corta, intensa, asfixiante. Las imágenes que la acompañan, presagiadoras. Un águila de dos cabezas sobrevuela amenazante el techo de junco de su choza, grazna frases en esa lengua de los hombres blancos venidos de la costa, le exige con la mirada avizora que abra las puertas de su pequeña huerta, que la deje entrar, que no se resista a que arranque de raíz lo que ahí germina. Serpientes, alacranes y martines pescadores, de plumajes azules en tonos zafiro y verdes color esmeralda, danzan absortos, en círculo, alrededor de Amama, en una defensa inútil de la choza, de su huerta, del territorio kicongo y de toda África. La vigilia produce en la vidente una zozobra que ni el amanecer disipa. Clarea, pero a la vez todo permanece oscuro. Nebuloso, aunque sin neblina. Amama es ciega, como cualquier adivino, por eso es que todo lo ve. Y lo que ve mientras aparece el sol en el horizonte no le gusta nada.

"Yumu", corazón en kicongo, gime desde las entrañas en el idioma que habla con las manos desde que la nobleza local le cortara la lengua por blasfema. "Yumu, mi corazón", repite inquieta mientras extiende los brazos robustos y carnosos hacia la meseta, queriendo tocar el sol.

★★★★

"¡Agua, forraje, tinajas, leche, estiércol fresco y en cenizas, tizne, hierbas y meados de vaca! ¡Rápido!", la voz de Ndele resuena con firmeza por los recovecos del palacio de adobe. Los techos bajos y los anchos

muros del complejo real retumban con el movimiento de esclavos y sirvientes acatando las órdenes del mayordomo en jefe. El súbdito más antiguo de los Congo, el más viejo de la corte real, aquel que aseguran nació antes de todos los soles, hace guardia, firme y estoico, frente a la habitación de la princesa consorte, mujer del heredero al trono del reino. Está ahí desde la víspera, resguardando el lecho del que está por nacer, aquel que en un futuro habrá de ser el ungido, el hijo del Imbondeiro, el árbol sagrado, y de la grulla. El esperado primogénito del príncipe heredero y el que será el primer nieto del actual monarca.

El vientre de la mujer no es virgen, en los últimos cinco años ha parido a igual número de crías, aunque todas han sido hembras, y, por tanto, inservibles, insuficientes y desmerecedoras de la gloria de los Congo. Por ello que todos los embarazos previos de la princesa no importen, que en la corte se haga como si nunca hubiesen sucedido. Este, el primero en el que su matriz carga a un varón, es, en realidad, el único de todos, el más deseado, el que verdaderamente cuenta, el que dará sentido a su vida y continuidad al reino.

"¡Más orina de vaca, recién recolectada, caliente, burbujeante! ¡En este instante, deprisa, animales!", ahora es el mismísimo príncipe heredero el que hace valer su voz y órdenes. "De inmediato, mi señor", replica, servicial, Ndele mientras cede su lugar al heredero e increpa a los sirvientes que corren por el patio, confundidos y apurados, chocando entre sí.

El heredero suple a su mayordomo decano convirtiéndose en la estatua que vela, como pantera, lo que sucede al interior de la habitación en la que su mujer inició labores de parto hace ya casi tres días. Ha pasado demasiado tiempo desde que las contracciones se manifestaran y las malas lenguas junto con las malas conciencias, en la corte y en derredor, empiezan a susurrar, a confabular, a imaginar. En ninguno de sus cinco partos anteriores la princesa había perdido el conocimiento. Ahora, quien empieza a perder la razón es el heredero, sin el niño no habrá linaje, ni mañana, ni futuros, ni destino. Sin su anhelado primogénito no habrá nada. Y eso lo saben sus hermanos, de ambiciones numerosas, lo saben sus cuñadas, de fecundas entrañas, y también lo sabe su padre, quien en última instancia decide sobre la línea sucesoria.

El olor a sangre coagulada, vísceras y vómito se combina con el del excremento y el de la micción de vaca. Un elíxir tóxico que las ancestrales costumbres kicongo pretenden inmunice a madre, hijo y partera. El hermetismo en el rostro del príncipe no deja duda. El nerviosismo cala. Nacer en época de sequía es señal de mal augurio, de vida inerme, de muerte. Propia y de la especie. El heredero lo sabe, se maldice mil veces, maldice a la princesa que yace, medio viva, medio muerta y con su hijo incrustado en el vientre, sobre una estera de palma en el suelo.

"¡Amama, mi señor, Amama! ¡Solo la bruja puede hacer algo! ¡Solo ella ha de salvar al niño!", la partera clama al cielo, sus gritos desgarran la compostura del príncipe heredero. Se golpea la cabeza, de cabellos como espinas de puercoespín, contra el piso, se relame mocos y lágrimas con polvo y tierra, se aferra a los pies descalzos del heredero, tocándoles con la frente, repitiendo su llamado. Invocando a Amama.

"¡Traedla! A la ciega, a la muda, a la bruja. ¡Corred, traedla ahora! Que venga aquí Amama, que mueva con sus pasos al mundo. Que dé vida con su soplo a los que han muerto", Ndele indica a dos de los soldados de la guardia real que vayan por la adivina. "¡Amama!", repite en coro la habitación entera, para luego hundirse en el *silencio de lo desconocido, de lo incierto, del desasosiego. El príncipe heredero no puede moverse ni hablar, es como si la lengua se la hubiesen cortado a él también, como si le hubiese desaparecido la voluntad. Está erguido, en estado catatónico, a las puertas de la estancia que sirve de puente entre la vida y la muerte. No reacciona al penetrante olor de las vísceras pudriéndose, ni al insoportable aire hediondo que el calor seco del mediodía embarra entre las paredes, ni a los llamados agonizantes de su princesa, ni a las instrucciones que gira el mayordomo, ni a la llegada de Amama.*

"¡Anda, hechicera, haz tu trabajo, devuelve el orden a las cosas, regresa el agua a su curso, transforma expiraciones en alientos!". La rabia de Ndele crece con cada palabra. Los soldados que han traído cargando de los brazos a Amama la dejan caer de golpe en el suelo de polvo. Utilizan la parte más afilada de sus lanzas para hostigar a la anciana invidente, apurándole, estocándole las plantas del pie y el pronunciado culo. Amama se acerca, a gatas, a la fatídica escena. Frunce la achatada nariz con fuerza, llenándose los pulmones del viciado ambiente. Palpa con las palmas de la mano los muslos y las ingles de la princesa moribunda. Lame la cabeza del bebé nacido muerto y muerde con fuerza el cordón umbilical que aún le une a la madre, hasta hacerlo explotar en su mandíbula. Se levanta con los ojos escurriendo lágrimas y la boca abierta, ensangrentada, gimiendo cosas ininteligibles para el resto, solo audibles para aquellos a quienes sus palabras, silentes, están dirigidas. La sibila sostiene entre sus manos, repletas de arrugas y dolor, al feto expulsado. Lo eleva al cielo y gime aún con más estridencia. Clava su mirada cabalística en los ojos vacíos del heredero, confrontándolo con lo podrido de su casta. "Aquí lo tienes, el nacimiento de la muerte, de tu muerte, de la de los Congo,

de la mía y de la de África entera", pronuncia mientras envuelve el cuerpo sin vida de la criatura en una piel de leopardo y lo coloca junto a la vulva herida, expirante, de la madre.

Amama sale andando del complejo real. Nadie se anima a detener su paso, inevitable, recto y que lo hace todo temblar. Con una voz de volcán en erupción, Ndele arrebuja a la curandera: "Que tu estirpe, Amama, sea arrancada de la tierra y tragada por el fuego, que se ahogue en el agua del río que es mar y que beba su propia sangre revuelta con pus. Que tu estirpe, bruja, nazca muerta, con gusanos brotando de los ojos y cucarachas anidando en el corazón. Que tu descendencia muera contigo, hechicera injuriosa, sin alas para volar, sin piernas para correr y sin espíritu para renacer. Te maldigo a ti y a todos los tuyos, hoy y siempre. Que tu nombre traiga infortunio y desmemoria. Que la muerte sea tu única compañía". La bruja continúa su camino, de espaldas a los Congo y a los gritos tiránicos del mayordomo. Solo puede pensar en su nieto, enroscado y hecho serpiente. El hijo de su hijo que también es el propio.

Yumu fue un hijo deseado, intuido, soñado, incluso antes de nacer aquel extraño 1483. Cuando los blancos que expelió el mar se colaron río arriba, con sus ropas absurdas, sus extraños animales, sus creencias monoteístas, su apetito y mezquindad. "Madre, he venido a verla", Matondo musitó las palabras apenas llegar a la choza de Amama. Aunque sabía que no era necesario, que la adivina lo vio venir desde lejos, que estaba lista para su visita, que conocía, a priori, lo que venía a decirle. Madre e hijo llevaban años sin verse. Como estipulan las leyes kicongo, fueron separados casi después del parto.

Una pitonisa no debe tener descendencia ni ha de criar niño alguno. Ndele, enviado por la casa real, fue quien se encargó de arrancar al bebé de los brazos de su progenitora.

"Voy a ser padre", susurró Matondo al oído de Amama. "Lo sé. Ha llegado por fin el momento, se cumple lo que dicta el destino. ¡Yumu, mi corazón! El fruto de tu semilla, la mirada de mis ojos, la voz de mi garganta. ¡Yumu se llama tu hijo, Matondo, que también es el mío!", las palabras sonoras y rotundas de Amama fueron llevadas por el aire hasta los confines de la meseta. Fueron las últimas que hubo de pronunciar. El día que Yumu nació, Ndele vino a cortarle la lengua al grito de "blasfema".

Yumu nació a mitad de la temporada de lluvias, cuando la tierra pulsa, respira, exuda y se desnuda. Cuando deja los tonos ocres con los que la pintan los meses de sequía para adquirir un color granate profundo, dibujado por el agua que al golpear el suelo se convierte en arroyos, ríos, lagos y mares. Nació con los poderes de su abuela, de transformarse en ave y volar, de convertirse en pez y nadar, de metamorfosearse en gacela y correr, de disfrazarse de serpiente y picar. Lo que el peso de la tradición negó a Matondo, el destino, con creces, se lo ofreció a Yumu.

✦✦✦✦

Yumu yace indefenso, confundido, junto a los cadáveres mutilados de sus padres. La sequía y las fauces de una leona como responsables. Amama presencia la escena con la impotencia de la distancia, lo que hace a sus pies correr desesperados en dirección a los confines de la meseta, cambiando los trotes por aletazos, convirtiéndose con magia en cigüeña. Alza el vuelo y planea ágil y veloz entre esos aires revueltos.

Al acercarse al escenario de la tragedia, afila las garras de uñas gruesas y curvas. Irrumpe con el pico por entre las varas que forman el techo de la cabaña. "¡Yumu, mi corazón!".

El asustado niño serpiente se arrastra con velocidad hacia la improbable aparición, hurgando con su lengua de mamba, partida en dos, la presencia quimérica de la abuela cigüeña. Amama coge a Yumu entre sus garras y con la presteza con la que llegó, vuela de vuelta, recia y con prisa, hacia su choza al otro extremo de la meseta. Su potente aleteo da sepultura a los restos amputados de Matondo y su mujer, desterrando de paso a docenas de buitres y hienas carroñeros.

"Bienvenido a casa, Yumu", decreta la vieja hechicera al depositar a su nieto, de nuevo en forma humana, entre los brotes de berenjena y repollo de su huerto. "Aquí habrás de germinar", instruye salomónica mientras lo arrulla con sus gemidos convertidos en canto, incitándolo a dormir, metiéndose en sus sueños para acompañarlo. Para cuidarlo. Hasta que el mundo vuelva a estremecerse y se abra la tierra. Hasta entonces.

"Por tus venas corre el infortunio, eres hijo del mal agüero. Para ti no debe existir la libertad, porque la desgracia no ha de deambular entre los elegidos ni vagar sin rumbo. Hay que controlarla, esconderla, dominarla, esclavizarla. Solo así prevalecerá el orden de las cosas, solo así se hará justicia", Ndele habla para sí, pero se dirige a Yumu y al cuerpo sin vida de Amama, lamiéndose la sangre que con las manos hace brotar de la garganta de la bruja.

El niño intenta desprenderse de la mano de su abuela fallecida, sin lograrlo. Quiere escapar del nefario arbitrio del mayordomo, pero no puede. Desea convertirse en liebre y salir saltando de ahí, pero le es imposible. Es como si estuviera muerto también, expirado en el suelo al lado de Amama. Inerte, esposado con grilletes a la meseta.

—Corre, Negro, corre, salta, vuela. Porque tú eres Yumu, que es Juan, que es Adrián. Corre, Negro, corre, salta, vuela, escapa. Porque la noche que fue refugio ahora acecha con ser tumba. Corre, Negro, escucha a Amama, corre, salta, vuela. ¡Escapa!

Colonia Narvarte, Ciudad de México
Domingo 20, 7:30 a.m.

"Se compran colchones, tambores, refrigeradores, estufas, lavadoras, microondas o algo de fierro viejo que vendaaan. Se compran colchones, tambores, refrigeradores, estufas, lavadoras, microondas o algo de fierro viejo que vendaaan".

La puerta de cristal y las ventanas que dan al balcón del departamento están abiertas de par en par, los sonidos de la calle se entremezclan con los pensamientos. El Negro yace de espaldas y en calzones sobre la cama de sábanas revueltas, la mirada fija en el techo de la habitación. María, acostada a su lado, duerme.

Chingada madre, otra vez ese pinche sueño culero. Tenía un chingo que no soñaba con esas mamadas. Y esta vez se sintió más real que de costumbre. Pinche sueño ojete, estoy bañado en sudor, no es para menos, ha de ser el puto miedo que traigo metido en el cuerpo. Me urge hablar con María, no podemos esperar más. Si tan solo fuera el de los tamales oaxaqueños, pero tiene que ser la del fierro viejo, con esa voz de pito que cincela la conciencia. Lo único que espero es que no haya despertado también a mi güerita, si no, en menuda bronca me mete. Aún no he terminado de arreglar las cajas del archivo y todavía tengo que repasar el discurso que preparé para darle la noticia de nuestra partida. Seguramente ya se las huele, desde antier me sigue con esos ojos que cuando sospechan algo agrandan las pupilas, arquean las cejas y fruncen el ceño.

—Y a ti ¿qué mosco te picó? ¿Qué te traes o qué? ¿A poco no tienes nada que hacer? Nomás estás detrás mío viendo hasta cuando me saco los mocos. ¿Acaso no te fías de mí? —le reclamé, temeroso de que me cachara con las manos en la masa.

—¡Híjole, Negrito! Hasta la duda ofende, si yo ando en mis cosas. No tengo nada que andarte espiando, mi amor. ¿Por qué preguntas? —me contestó airada.

Pero yo me la conozco. Esa Mariquita piensa que pienso que realmente no piensa nada, cuando sé que sabe que estoy urdiendo algo y eso la tiene nerviosa. La cama está empapada, no dejé de sudar en toda la noche. Con ese sueño tan culero no podía haber sido de otra forma. Mejor me voy a la sala a terminar de preparar las cosas, no quiero que se levante antes de tiempo y me agarre *infraganti*. Qué más quisiera haberte contado todo en su momento, María. Lo cierto es que no he sabido cómo ni cuándo, cómo compartirte esta angustia que cargo conmigo desde hace semanas, cómo hacerte el trago lo menos amargo posible. Por eso decidí esperar, aguardar el momento y el lugar indicados, pero nunca llegaron. De repente ya es demasiado tarde, todo se precipitó y ha llegado el tiempo de irnos. Y todavía no sé si inventarle algo a mi mamá o mejor ni decirle nada, para no ponerla en peligro, ni a ella ni al Sergio, que piense que no pude llegar, otra vez, que andaba ocupado, mejor así, quizá, aunque sea su cumpleaños.

Sé que algo intuyes, Mariquita, pero no hay forma de que te imagines lo que realmente está sucediendo, de que sospeches siquiera que debemos huir hoy mismo, mañana cuando tarde. Tan pronto terminemos de preparar el archivo, de buscarle el escondite más seguro, de hacer una maleta pequeña con un par de mudas de ropa, de encontrarle refugio al Moco y de juntar todo el dinero en efectivo que podamos durante las próximas horas. Porque no podemos dejar huella, María, tendremos que deshacernos de los celulares, dejar las tarjetas, destruir nuestras identificaciones. Tendríamos que conseguirnos un par de credenciales del INE falsas, quizá alguna cédula profesional apócrifa. En el mejor de los casos, pasaportes con seudónimo, pero no tenemos el tiempo ni el dinero suficiente para hacerlo. La prioridad es alejarnos lo antes posible de este departamento, de la ciudad, del país, incluso. Quedarnos sería rendirnos, güerita. Sería dar al traste con nuestra investigación, con nuestro trabajo de años. Implicaría enterrar todo. Y ante eso, mejor largarnos, porque para mí no es opción tirar la toalla. No podemos darles el gusto, ellos no merecen contar la historia. Tenemos que salir huyendo de nuestra vida, María, para preservarla, y no me he atrevido a decirte nada para no preocuparte de más, para no abrumarte ni asustarte.

"Se compran colchones, tambores, refrigeradores, estufas, lavadoras, microondas o algo de fierro viejo que vendaaan. Se compran colchones, tambores, refrigeradores, estufas, lavadoras, microondas o algo de fierro viejo que vendaaan".

Ya terminé de guardar el archivo en cajas y el de los tamales nomás no se aparece. Pero a la del fierro viejo con su aguda cantaleta ya le dio tiempo de darse otra vuelta por la cuadra. Mejor preparo un par de jugos con las naranjas que nos sobraron y caliento unas tortillas en el comal para hacernos unas quesadillas, hay que acabarnos todo lo que hay en el refri, no tiene sentido dejar nada para que se pudra mientras estemos fuera. Lo último que queremos es que se nos llene de hormigas y de cucarachas el depa. Así sirve que te doy la sorpresa cuando te levantes, Mariquita. Verte en la cama durmiendo a pierna suelta, con tu calzoncito asomando por debajo de la camiseta, me prende cabrón, pero también me alerta. Saberte tan vulnerable, tan inocente, tan distante de todo este cochinero que nos rodea me despierta una ternura inenarrable, pero, sobre todo, alimenta mi imperiosa necesidad de cuidarte, de alejarte de todo peligro, de estar siempre a tu lado. No sabes la cantidad de veces que a lo largo de estas horas infernales me he preguntado cómo es que llegamos hasta este punto. Me gustaría culpar a medio mundo, pero al final siempre termino adjudicándonos la responsabilidad, achacándome la culpa. Por no acoplarnos, por no desistir, por no aceptar que vivimos en un país donde la única forma de ser es la que dicta la pinche ley del más fuerte. Y nosotros somos dos pinches flanes.

—¿Negro, Negrito? ¿Dónde estás, mi amor? ¿Qué hora es? ¿Vamos por unos chilaquiles? Me da flojera preparar algo aquí, además creo que ya toca ir al súper porque casi no queda nada de comer.

—¿Cómo amaneció mi chicuelina, mi churrumais, mi güerita consentida? Estaba en la cocina preparándote esta sorpresa, mi amor. Qué chilaquiles ni qué ocho cuartos, aquí tiene su juguito de naranja recién exprimido y colado, como le gusta a mi princesa, y tres quesadillas que se derriten de buenas.

—Mmmm, tú te traes algo entre manos. Esto, así nomás porque sí, no me lo creo. Gracias por el detalle, mi Negro. A ver, cuéntame, qué idea loca me vas a vender ahora —María da un sorbo al vaso rebosante de jugo y abre grandes los ojos mirando fijamente a Adrián. Él se acomoda a su lado, en la cama destendida, mientras sostiene la charola del desayuno con ambas manos.

—Tenemos que irnos de aquí hoy, María. Emilio me dijo que nos están marcando el paso y que podrían agarrarnos. Ya tengo todo más o menos pensado. Tenemos que preparar un par de mochilas con alguna muda, lo justo, juntar toda la lana que podamos, agarrar un camión a la frontera, dejar los teléfonos, esconder el archivo, pedirle a…

—¡¡¡¿¿¿Qué???!!! —María escupe el buche de jugo. El líquido viscoso mezclado con saliva escurre lento por la pared.

Lunes 21, 01:30 a.m.

—¡Van a volver, van a volver, van a volver! Estoy segura, Kenya, de que van a volver. Van a volver por mí, por lo que quedó, van a volver por nosotras. Van a volver y nos van a golpear, nos van a violar. Nos van a llevar a nosotras también. ¡Van a volver, van a volver! —María se balancea sin cesar en el sofá de su vecina. Abraza con fuerza sus piernas, contrayéndolas contra el pecho. Su voz, tan atropellada como sus pensamientos, es un enredo confuso de volúmenes y ruidos guturales. Una mezcla de desesperación, abatimiento, indefensión y humillación—. ¿Qué vamos a hacer, Kenya? ¿Qué voy a hacer, qué voy a hacer? ¡Van a volver! —María está ausente, sus expresivos ojos son dos órbitas enrojecidas y secas, infladas, al igual que sus párpados y su mente.

—¡Respira, amiga, respira! Eso es lo que tienes que hacer. —Sentada en el reposabrazos del sofá y recargada contra la pared, la mujer trans enciende su enésimo cigarro mientras acaricia con la mano libre la cabeza de María.

—Lo van a matar, es que lo van a matar. Se lo van a cargar, Kenya. Tengo que salir a buscarlo, tengo que encontrarlo. No puedo dejarlo solo, no puedo, no puedo. —María llora desconsolada enjugando las lágrimas en el pecho de su vecina.

—Tienes que calmarte, María, primero tienes que ponerte tú a salvo antes de hacer cualquier cosa. No puedes correr más riesgos. Es una pinche mamada lo que les está pasando. —Kenya apaga el cigarro a medio consumir aplastando la colilla contra la pared y abraza a María.

¡Ay, Negro! Mi Negro, Adrián. Dónde estás, cariño, cómo estás, mi amor. Cierro los ojos con todas mis fuerzas, aprieto los párpados para encerrarme y ahí escuchar tu voz, pero solo oigo tus gritos. Los aullidos de dolor que arrancan esos matones de tus cuerdas vocales a base de golpes laceran, acuciantes, mis tímpanos. Me tapo los oídos con las manos, aprieto más los ojos, pero sigo oyéndote, cada vez más fuerte. Gritas mi nombre. Tus lamentos, dolorosos, me martillan. La piel se me ulcera, me quiero rascar sin control. Me arde la garganta, un fuego me quema por dentro desde la boca del estómago hasta el esófago, quiero beberme la botella de cloro entera y luego vomitarla junto con mis entrañas, con todo esto que traigo dentro y que me está matando. Quiero arrancarme las orejas y los ojos, quiero dejar de oírte sufrir, quiero volver a verte aquí, ahora. Abrazarte y coger las mochilas que preparamos, irnos corriendo a agarrar el camión con los boletos que compraste, huir de este pinche infierno que me quema por todos lados. Alejarnos de esta pesadilla que se repite incesante en mi cabeza, desvanecernos, escapar, salvarnos. Pero no puedo hacer nada, Negro. Estoy impedida, yazco, también, en el suelo tirada, a tu lado, violentada, golpeada. Llena de moretones y heridas purulentas, sin voz, sin fuerzas, sin ti.

¿Eran las ocho, quizá ya casi las nueve? No lo sé, tal vez las siete y media pasadas. Es imposible recordarlo con precisión, nada tiene sentido desde entonces, el tiempo carece de lógica, de secuencia. Todo es un repetir continuo en mi cabeza, un laberinto sin salida. ¡Dios! ¿Cuántas horas han pasado ya? Creo que tus últimos gritos cesaron hace ya algunas horas, tres o dos quizá. Después fueron las voces hirientes de esos pinches chacales discutiendo, sus risas. Los pasos marciales hacia las escaleras, tu cabeza golpeando cada escalón de mármol. El silencio que nos inundó después, que todavía me carcome. No, no sé cuánto tiempo ha pasado desde que te llevaron a la fuerza, desde que te secuestraron. No sé cuánto tiempo ha pasado desde que esos cabrones te desaparecieron, pero no el suficiente. Aún hiede al sudor con el que impregnaron la casa. El edificio todavía destila el temor con el que lo asediaron durante las horas interminables que estuvieron aquí, golpeándote, aterrorizándonos. No sé cuánto tiempo ha pasado desde que Kenya me soltó y caí al suelo, desde que volvimos a respirar, desde que empezamos a llorar las dos a gritos y sollozos, sin preocuparnos por hacer ruido. No lo sé y no me importa, aunque sea lo único en lo que puedo pensar.

"Vámonos, Mariquita", cada que me lo decías me ponía más nerviosa. Repasaba, una y otra vez, el plan de huida en mi cabeza, balbuceando. No pude concentrarme desde que supe la noticia. "Órale, María. Salimos cada quien por su lado, más seguro así", me dijiste. Se me espantó el hambre, solo sentía un estrujón en la panza. Te sugerí pedir una pizza para que pensaras que tenía todo bajo control. "No podemos irnos con el estómago vacío", sentencié, alzando la ceja. No creo que te la hayas creído. Se me notaba a leguas el nervio. La verdad es que ni siquiera doblé la ropa que me encargaste empacar, ni bien salió de la lavadora la hice bolas. Un par de camisetas, alguna blusa, tus camisas, cinco o seis cambios de calzones, unos pantalones, los jeans, una gorra y las chamarras impermeables. Con las prisas, no me acordé de la esclava de oro que me regaló mi abuela ni del anillo de diamantes de mi mamá. Sin duda, nos hubieran sacado más de apuros que el efectivo que logramos juntar. Pero ya qué importa ahora, nada realmente importa. Se quedaron en el cajón del buró. Ahí siguen todavía.

El día se me pasó volando, me hubiera gustado tener más tiempo para hablar, no solo para echarte la bronca y discutir.

Qué sentido tenía todo, qué sentido tiene ahora. Si al final terminamos cogiendo fue porque quise callarme la cabeza y callártela a ti. Nos faltó espacio para pensar, ecuanimidad para razonar. Y ahora venos, Negro, así, perdidos, sin pinche rumbo, separados, carajo. Tras escucharte a detalle en la mañana, me quedé muda, me abrazaste, pero me costó mucho poner en orden las ideas y darte una respuesta. Tus palabras me sonaron a orden, se me complicó digerirlas. Necesito una prórroga, una noche más, te supliqué porque no sabía qué más hacer, qué decir. No me veía con fuerzas ni cabeza para salir corriendo el mismo día en que me enteraba de todo, sin lugar a dónde ir. Me reñiste, te exaltaste, y con razón, ahora lo entiendo, me explicaste de nuevo que no era lo óptimo, que no era propicio ni inteligente esperar. Pero yo me empeñé, me moría de miedo. Me regañaste por ser tan ingenua. Me exasperé, te rogué, te grité. Fue una forma de defenderme de un destino para el que no estaba preparada. Discutimos, pero sé que me comprendías. Que tú tampoco querías nada de esto. "Solo esta noche, güerita", me ofreciste como tregua. "No podemos esperar ni un segundo más, tenemos que irnos", insististe. Nos besamos y cogimos como hace un buen que no cogíamos. Era lo que necesitaba, Negro. Me deshice en tus brazos. Es lo que necesito. ¿Por qué me diste por mi lado? ¿Por qué aceptaste que nos quedáramos una noche más? ¿Por qué no me mandaste a la chingada? ¿Por qué me hiciste caso, pinche Negro?

"Ahora vengo, mi amor, no me tardo. Voy a dejar las cajas del archivo con Kenya. Regreso y nos comemos la mitad de la pizza, le dejamos la otra al Moco. Pobrecito, está tan viejo. Ya sabes que con los dientes que le quedan le encanta rumiar el migajón de las orillas. Me llevo el paquete grande de croquetas, la correa, su arnés y las bolsitas para caca, así mañana no-más lo dejamos a él con su camita y los trastes del agua y de la comida. Me extrañas". No dejo de repetir esas últimas palabras en mi cabeza. Un *loop* que me está desquiciando, sobre todo cuando regreso a tu respuesta. Un beso apretado con la mano, en silencio, frunciendo la trompita. La última vez que hablamos, que te hablé, que nos miramos a los ojos. Luego solo el horror. Observé paralizada, horrorizada, por entre las persianas de la terraza de Kenya, cómo esos salvajes te cargaban desde el portal del edificio, inconsciente, aún con cinta canela en la boca y maniatado por la espalda, hasta la cajuela de una de sus camionetas para arrancarse contigo adentro. Una tortura que se repite incesante, Negro. Una tortura sin fin. Mis palabras huecas, taladrándome. Tu beso trunco, el único, el último.

No regresé rápido, como te prometí, como debí de haber hecho. Eso ahora ya lo sabes, aunque qué más da que te lo confiese. Ahora ya no importa nada, realmente. Me tomé mi tiempo para llegar al depa de Kenya, no quise agarrar el elevador a pesar de venir tan cargada. Quería subir por las escaleras, aunque solo fuera un piso, tomar un poquito de aire. Me senté en uno de los escalones y respiré hondo. Me solté a llorar, sin muchos aspavientos, sin hacer escándalo, casi en silencio. No lo había hecho en todo el día y tenía miles de lágrimas atoradas en los ojos, necesitaba echarlas todas afuera, desahogarme. No terminaba de caerme el veinte. Me sentía esa niña de coleta de caballo sentada a la mesa con sus padres en el Mauna Loa. ¿Te acuerdas del restaurante polinesio al que te conté que me llevaban mis papás a comer cada domingo, religiosamente? Ahí estaba de nuevo yo, entre el mago haciendo trucos y las bailarinas de hawaiano moviendo las caderas como si las tuvieran rotas. Envuelta en el humo del hielo seco, entre plantas y flores artificiales, el coctel Malibú de mi papá y las medias de seda de mi mamá. Embriagada, intoxicada, confundida. Sin certeza alguna. Sabía que estabas ahí, esperándome en el depa, pero me sentí terriblemente sola, abandonada, perdida, sin asidero. Hice de tripas corazón y me sequé las lágrimas, no me quedó de otra. Me levanté y fui con toda mi carga a tocarle a Kenya.

Cuando me abrió la puerta, yo todavía tenía los ojos hinchados de llorar y la mirada ofuscada. "¿Y eso? ¿Tú, a estas horas aquí? Qué se te perdió, o qué, Mariquita, si nunca terminas de trabajar antes de las nueve y no son ni las ocho y media. ¿Y esa cara? Pues quién se te murió, mana". Nos sentamos en su sofá y fue a calentar un poco de agua para preparar té, se me antojó el de yerbabuena con hinojo, jamaica y pasiflora, del que siempre tiene en la alacena. Por más que lo repasamos tú y yo, no sabía cómo empezar, cómo contarle a Kenya todo sin decir de más ni omitir lo importante, aunque tampoco fue necesario. Apenas volvió de la cocina, le solté de botepronto que teníamos que irnos por un tiempo, pidiéndole encarecidamente que nos guardara las cajas del archivo y se hiciera cargo del Moco. No había terminado de decirlo, cuando se escuchó el primer estruendo. Del susto, a Kenya se le cayeron las tazas y yo pegué un brinco que me tiró del sofá, el corazón empezó a latirme a mil por hora. "Es abajo, Kenya, es abajo, y ahí está el Negro, tiraron la puerta, tengo que ir a ver qué pasa". De ahí en adelante, todo es confuso. No eran ni siquiera las ocho y media pasadas. Kenya me agarró con fuerza, me tapó la boca, me hablaba al oído diciendo que no podíamos hacer ruido ni emitir palabra. Que no se me ocurriera bajar a ver qué estaba pasando, qué te estaban haciendo, porque podían golpearme a mí también.

Al estrépito con el que abrieron la puerta le siguieron inmediatamente gritos tuyos, mezclados con los de ellos, cinco o seis, no lo sé, no logré distinguirlos. Insultos, amenazas, retahílas de improperios y, de pronto, lamentos. Primero los del pobre Moco, ladridos cojos, expirantes, que se convirtieron casi *ipso facto* en un silencio sepulcral. Luego los tuyos, Negro, asumo que defendiéndote con todas tus fuerzas. Retumbos constantes, que pensé eran los muebles cayéndose en la batalla campal que esos infelices llegaron de improviso a montarte. Golpes contra la pared, contra el techo, en el suelo. Todos se sentían como si me los estuvieran dando a mí. Risas, más risas. Tu voz llamándome sin fuerza, tu voz apagada. Fueron horas escuchando lo mismo, acurrucadas contra el suelo, abrazadas, intentando hacer sentido de lo que estaba pasando. Aterrorizadas. Los gritos, los lamentos, las risas, las pisadas, los golpes, las patadas, los ladridos, el silencio que siguió a todo. Es lo único que escucho, incluso ahora. Cuando advertimos el escándalo de las pisadas bajando por las escaleras nos acercamos a la ventana junto a la terraza, ahí te vi por última vez.

Maniatado, embozado, desmayado. Inconsciente. Cuando se arrancaron las camionetas nos tiramos en el sofá, sin poder hablar. Esperando que de un momento a otro aquel estruendo volviera a atarnos al suelo. Pasaron los minutos, una hora, dos, quizá, pero ya no oímos nada más. Solo tu voz pidiendo ayuda, que se quedó grabada en mi cabeza.

"Tengo que bajar, tengo que ir a ver qué pasó". No hubo manera de que Kenya me convenciera de lo contrario, se enfundó en una bata y bajamos juntas. Esos descerebrados dejaron la puerta de la casa entreabierta, desvencijada. Con el brazo tembloroso la intenté abrir, pero detrás, la mesa del comedor y un par de sillas la obstruían. Tuvimos las dos que empujar con todo nuestro peso para poder entrar. ¡Aaaaaaah! El estómago se me revolvió y vomité, lo primero que vi fue al pobre Moco con la cabeza destruida a batazos, una macana de madera al lado suyo, bañada en sangre. Se me nubló la conciencia. El librero tirado y los libros desperdigados por doquier, el sillón volteado, mi ropa desgarrada colgando entre los muebles descompuestos, la puerta de la terraza abierta, la cocina convertida en una zona de guerra. Y sangre, demasiada sangre. En el suelo de la sala tres uñas bañadas en rojo viscoso, las de tu dedo índice y medio, seguro, la otra no sé si del anular o del meñique. Uñas de tu mano derecha, pintadas de negro, cómo no lo voy a saber si te las pinté yo misma el sábado pasado. "Las de la derecha solo, Mariquita, por favor. Así se verá más chido", escuché que me repetías en ese muladar. Quise volverme loca, salir corriendo a tirarme por el balcón. Entre arcadas, me eché a llorar, pero ya no pude vomitar más que saliva. No quise entrar a la habitación. Con la ayuda de Kenya, metí en una bolsa de basura el cuerpo inerme del Moco y rescaté mi mochila de entre los escombros. Entre las dos logramos cuadrar de nuevo la puerta y cerrarla con llave. Subimos a su casa. Aquí sigo. Aún no puedo moverme. No sé qué hacer. Hasta ahora se repiten las imágenes en mi mente, tenga los ojos cerrados o abiertos. Hasta ahora sigo escuchando tus gritos de auxilio, aunque me tape los oídos, Adrián. Hasta ahora escucho a esos pendejos golpeándote, matando al Moco, riéndose. Hasta ahora, todavía, y cuántas horas han pasado ya. ¿Cuántas horas han pasado?

Por qué no bajé cuando escuché el primer portazo, por qué le hice caso a Kenya. Por qué no corrí a enfrentarlos, a preguntarles que hacían en casa, a exigirles una orden de cateo, a amenazarlos diciéndoles que si no sabían de quién era hija. Tenía que haber estado ahí contigo, Adrián, con mi Moquito. Quizá si hubiera bajado corriendo, si hubiera estado ahí cuando estos cabrones entraron, nada de esto hubiera pasado. Tal vez, conmigo de por medio, no te hubieran golpeado ni torturado, no hubieran matado al Moco, no te hubieran desaparecido. ¿Dónde carajos estás, Adrián? ¿A dónde te llevaron? ¿Quiénes eran, cuántos eran? ¿Qué te van a hacer, Negro? ¿Qué te han hecho? ¿Por qué, por qué?

—¡¡¡Aaaah!!! —María grita con todas sus fuerzas, jalándose el pelo, intentando arrancárselo con las manos.

—Tranquila, María, tranquila. Tienes que espabilar, pensar qué vas a hacer, a dónde vas a ir. Tienes que salir de este pinche trance porque si no te van a chingar a ti también.

Escúchame lo que te digo, no te hagas pendeja —Kenya le da una cachetada a María con la mano izquierda y con la derecha le sirve más bacanora, mientras sostiene el cigarro, a punto de consumirse, entre los dientes.

—¡¡¡Grrr!!! —María gruñe como animal enjaulado y clava la mirada en Kenya. Coge el caballito rebosante de bacanora y le da un trago antes de pedirle a su vecina que le sirva uno más. Un hilo de aguardiente le fluye por la comisura de la boca, que aprieta con coraje mientras acaricia el boleto de autobús que guarda en el bolsillo derecho de su pantalón de mezclilla, pensando en el Negro. Se levanta y apremia la conversación interna. Abraza a Kenya antes de salir atropelladamente de su casa, sin pronunciar palabra.

Ya sé qué es lo que voy a hacer, ya sé a dónde voy a ir. Pero del trance no voy a salir nunca, porque ya me chingaron, Kenya, ya me chingaron también a mí desde que se lo chingaron a él.

FIN

Epílogo

En algún lugar de la Ciudad de México, Juan Garrido está enterrado bajo cientos de años de historia y olvido, tierra seca y mucho concreto. Y, desde ahí, continúa floreciendo, en los colibríes que por las mañanas hacen su recuerdo presente, montado en su yegua, entre Coyoacán y Tacuba. En todos nosotros.

Personajes

Juan Garrido (finales del siglo xv-mediados del siglo xvi): horro, negro liberto, conquistador y pacificador de Cuba, Puerto Rico y las islas de las Once Mil Vírgenes. Explorador de la Dominica y conquistador de México-Tenochtitlan.

Hernán Cortés (1485-1547): conquistador de México.

Pedro de Alvarado (1485-1541): conquistador español, lugarteniente de Cortés, responsable de la masacre del Templo Mayor.

Pánfilo de Narváez (finales del siglo xv-1528): conquistador español, enviado por Velázquez a capturar a Cortés.

Diego Velázquez (1465-1524): conquistador español, primer gobernador de Cuba, némesis de Cortés.

Malinalli/Malinche (inicios del siglo xvi-1529): esclava, intérprete y amante de Cortés.

Moctezuma Xocoyotzin (mediados del siglo xv-1520): penúltimo huey tlatoani de México-Tenochtitlan.

Cuauhtémoc (1496-1525): último tlatoani mexica.

...

Adrián Romero López, "el Negro": arqueólogo de la Escuela Nacional de Antropología e Historia (enah), especializado en la presencia de negros africanos esclavos y libertos en la Nueva España. Novio de María.

MARÍA MANUELA ARIZA: antropóloga social de la Escuela Nacional de Antropología e Historia (ENAH), especializada en la figura del conquistador de origen africano Juan Garrido. Novia del Negro.

DOCTOR ZAGAL: académico de grado de la Escuela Nacional de Antropología e Historia (ENAH), alto funcionario del Instituto Nacional de Antropología e Historia (INAH), arqueólogo a cargo de las excavaciones en Zultépec, exiliado político, mentor de María y director de su proyecto de investigación sobre Juan Garrido.

KENYA: mujer trans, vecina de María y del Negro.

JULIÁN: novio de Kenya.

LEILA: amiga de Kenya.

MOCO: perro de María y del Negro.

EMILIO: periodista de investigación especializado en política, historia y militarización, colaborador habitual de la revista mexicana de referencia, amigo del Negro y de María.

SANDRA: editora de Emilio, coordinadora editorial de la revista mexicana de referencia.

MARUJITA: secretaria particular del General Secretario, con rango de teniente coronel.

GENERAL SECRETARIO: titular de la Secretaría de la Defensa Nacional.

JOSÉ: chofer del General Secretario.

CABO: militar de bajo rango y de recién ingreso al Ejército mexicano, originario de la sierra de Guerrero.

Don Gumer: capo del cártel de Los Tejuinos.

Primer mandatario: presidente de los Estados Unidos Mexicanos.

Señora: empleada del hogar de María y del Negro.

Gabriel: hermano de la Señora.

Mamá del Negro

Sergio: hermano menor del Negro.

Doña Gudelia: vecina de la mamá del Negro.

Natalia: prima de la mamá del Negro.

Marisela: maestra de escuela primaria, amiga y compañera de trabajo de la mamá del Negro.

Wendy: estilista de la mamá del Negro.

Senador Ariza/Licenciado Ariza: papá de María.

Doctor Limón: ginecólogo que trajo al mundo a María.

Socorrito: secretaria particular del papá de María.

Maru Rosas: reportera de televisión.

José Alfredo: conductor de noticiero televisivo.

Hilario Gómez, Gildardo Lozano y Remedios Turrent: comentaristas televisivos.

Tía Chonita: tía del presidente de México.

. . .

Yumu: nombre kicongo de Juan Garrido.

Amama: abuela de Yumu.

Matondo: papá de Yumu.

Ndele: mayordomo de la corte de los Congo.

Heredero al trono de los Congo

Princesa consorte del heredero al trono de los Congo

Rey de los Congo

Mapa del recorrido vital de Juan Garrido

Referencias

Las descripciones realizadas por Herman L. Bennett en su libro *Africans in Colonial Mexico, Absolutism, Christianity, and Afro-Creole Consciousness, 1570-1640* y por Serge Gruzinski en *La Ciudad de México, una historia* me sirvieron de marco de referencia para abordar la presencia africana en la Ciudad de México durante el siglo xvi. El archivo personal de Hugh Thomas sobre la figura de Juan Garrido fue mi fuente primaria de inspiración para esbozar al personaje histórico en esta novela. La transcripción al español contemporáneo de la Carta de Pedimento de Juan Garrido que se reproduce en la novela y cuyo original resguarda el Archivo General de Indias en Sevilla fue realizada por la doctora Natalia Silva Prada. El pasaje sobre la Noche Triste, las escenas al interior del Palacio de Axayácatl y los rasgos de la personalidad de Hernán Cortés que describo en el libro fueron inspirados por la lectura de la biografía del extremeño escrita por Christian Duverger y de la novela *Tu sueño imperios han sido* de Álvaro Enrigue. El discurso enunciado por el personaje del primer mandatario en la novela incluye extractos de dos discursos de Andrés Manuel López Obrador pronunciados en la Ciudad de México durante su periodo como presidente, el 13 de agosto de 2021 en ocasión del aniversario de la caída de Tenochtitlan y el 1° de julio de 2023 en ocasión del aniversario de su triunfo electoral. La descripción de la corte de los Congo parte de diversas lecturas de las vastas obras de Mia Couto y José Eduardo Agualusa, mientras que los personajes de Amama y Ndele presentan rasgos de los descritos por Ngugi wa Tiong'o en algunos de los protagonistas de su novela *Wizard of the Crow*.

Agradecimientos

A mis editores, Frida Solano, Natalia Rodríguez, Enrique Calderón, Mayra González y Roberto Banchik, por creer en este proyecto, por apostarle a la historia de Juan Garrido y por abrir espacios para ampliar el diálogo sobre la negritud en México. A mi casa, Penguin Random House México, por darme cobijo a través de sus sellos. A Juan Pablo Villalobos por sus múltiples lecturas de mi propuesta, por su acuciosa y siempre divertida mirada, que forjó, de muchas formas, la versión final de esta historia. A Luis Solano por su generoso tiempo y su lectura, por su amistad. A mi querido compinche de tantas batallas, Adrián Román, mi Negro, por la pasión compartida por Juan Garrido, por prestar inadvertidamente su nombre al protagonista moderno de esta historia y por abrirme los ojos, para nunca más dejarme cerrarlos.

Esta obra se terminó de imprimir
en el mes de febrero de 2026,
en los talleres de Diversidad Gráfica S.A. de C.V.
Ciudad de México